U0041324

羊道

在世上最古老的一座牧場，上演著不斷離開與到達的故事

游牧 春記事

李娟 著

目錄

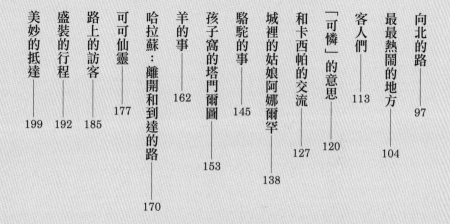

〔推薦序〕

放生

我有一個朋友奈特，來自於美國的北達科他州。基本上，如此仔細的告訴任何一個人，北達科他州或是南達科他州，基本上是多餘的，因爲雖然這是兩個完全不同的州，卻沒有人太在乎，因爲沒有多少美國人可以在地圖上指出來它的確實位置，即使他們可以很輕易地指出紐約市，並且明確的告訴你中央公園、中國城、上城區、布魯克林在哪裡。

生長在北達科他州的奈特，在大學主修鋼琴，畢業以後找到一份在郵輪上當海上鋼琴師的工作，這是奈特生平第一次離開北達科他州，也是第一次意識到跟他那些走遍四大洲、五大洋的同事比較起來，自己不過是一個存在感稀薄，讓人過目即忘，從裡到外都單調無聊至極的人。

於是他決定，要讓自己變成一個比較有趣的人。

首先，奈特交了一個同樣在船上工作，來自布拉格的小提琴手爲女友，開啓了一扇通往世界的窗。在此之前，他對於東歐，就像外界對於北達科他州一樣一無所知。

然後，在九個月的合約結束以後，他買了一張飛機票，到布拉格去探望他的女友。

要離開布拉格的時候，他忽然下了一個決定：「我還不要回北達科他州，我要從這裡一路搭便車到英國倫敦！」

不只是搭便車，他決定一整路上不下榻飯店，只是從一輛車換到另一輛車，一直在路上不停歇，直到抵達倫敦爲止。

「結果呢？」

「除了有幾次被載到反方向，還有好幾次又累、又髒，幾乎忍不住要去住旅館，好好洗一個澡、睡一大覺醒來再說，但是終於都還是忍住了，也眞的這樣就到了倫敦。」

當時我住在倫敦。奈特到了倫敦以後，我跟他見面：「你爲什麼要這麼做呢？」

「因爲從小到大，我生長在一個小鎭，沒有吃過苦，沒有接觸過很多跟我不一樣的人，也從來沒有發生過什麼事——無論好事、壞事都沒有，也不曉得什麼叫做苦日子，但是到了布拉格旅行以後，看到很多過著苦日子的人，他們的生活跟我的比較起來，卻是有滋有味。我也想知道那種滋味。」

搭便車的那年以後，他感受到一股過去從來沒有的勇氣，決定搬到科羅拉多州的丹佛市，那裡沒有工作等著他，也沒有認識的人，只是想去那裡闖盪、去生活。

現在的他，住在丹佛，嘗試了所有他從來沒有想像過的人生，逐漸變成一個自己喜歡的、有趣的人。我問他，可不可以給那些遲疑不敢邁出腳步的人，一些建議的話，他這麼寫道：

在過去這些年我有幸經歷了所有的旅行和冒險之後，我能夠給其他人最好的建議，就是：「就放手去做吧！」如果你想進行一場壯遊，或是有件長久以來一直想做卻沒做的事，但總給自己找藉口，「等我存夠了錢再去吧！」或是「等我要換工作的時候再去做。」否則就說「等我小孩上大學離家以後我再去吧！」不！就放手去做吧！試著冒點險，因爲你到頭來什麼都沒做的悔恨，可能會比你眞的去試試看來得更大。

我從以前就一直想著要去歐洲當背包客，但是因爲各式各樣的理由沒去實現，最後，我眞的就去做了！那大概是我這輩子做過最明智的決定之一，也是我這輩子最棒的五個禮拜。

除了在郵輪上工作之外，我也一直想著要爲我的人生做點什麼新的嘗試，但我總是找藉口推遲，當我決定搬到丹佛去成爲一個自由音樂工作者時，人們不斷問我那邊有沒有工作等著我，當我說什麼都沒有的時候，我可以看到他們臉上掩不住的驚訝。

當然，做什麼事都會有風險，但若什麼都不做的話才眞的會後悔呢！就算事情不像計劃中演進的那麼順利，當時我花了十五個小時，一班錯的巴士，跟六班火車，才從波蘭的Krakow到達德國柏林，但是我因此多了一個很讚的故事可以誇口。當人們認爲我到越南，敢喝眼鏡蛇血、還有一口吞下還在跳動的心臟時，簡直就是瘋了的時候，我因此又多了很讚的故事。

所以，就放手去做吧！去追尋你的夢想，你在世上只有這一回，所以別再拖拖拉拉的，也別再找藉口不邁開腳步去旅行、去歷險，既然要做，就火力全開吧！

中國的李娟，和英國的奈特，可以說是這個世界上兩個可能完全找不到共同點的人，但是在我的眼中，他們又是那麼的相似，因爲他們都決定放自己自由，將自己從鳥籠當中安穩的禁錮生活中放生了，用謙卑的角度重新學習跟這個充滿野性的世界和好，只是一個去了洛磯山脈跟印第安部落相處，另一個去了北疆加入了哈薩克牧民。

在我眼中，這無寧是一個人對自己的人生能夠做的，最大的仁慈。

知名旅遊作家
褚士瑩

〔繁體版作者序〕

但願這世上只有我最懦弱

我以四十萬多字絮絮叨叨地記錄了許多哈薩克牧民的日常生活情景，塞填了各種情緒。然而從不曾提及「游牧」的嚴酷現狀，並且也不能有足夠的認識做公正的判斷。但是還是想試著說一說游牧與自然的依存關係。

到了今天，北方的廣闊大地不再是游牧者的天堂。羊群瘋狂膨脹，所到之處寸草不生，牧場嚴重超載。加之牧人生活動盪，基本的醫療教育等條件得不到保障，生存品質低下。於是，定居政策的推廣既是環境的要求，也是人心所向。

游牧的確損壞了大地。可是，定居將毀滅性地損壞大地。牧人逐水草而居，避寒暑而走，不斷遷徙，可令每一處牧場都得到輪休，保證環境的有效恢復。一旦停止下來，所有負荷將集中由最肥沃的一些土地承擔。然而這是北方，就算是最「肥沃」的土地，與溫暖濕潤、蓬勃長青的內地相比，也是極其貧瘠的。它的力量只夠用來生長淺薄細碎的野草。定居後，得種植高產牧草保障圈養羊群的過冬需求，加之更多的牧人將逐漸轉向農業生產，於是得沿著荒野中唯一的河流大規模開墾耕地。爲了灌溉這些耕地，得放棄下游生態，截斷河流，同時無止境抽取地下水……更別提定居後人們日常欲求的勒索。

開墾後的大地，失去了覆蓋在最上面那層紮生野草的較硬土殼。在沒有作物覆蓋的日子裡（這邊冬季漫長，土地一年只能一產），泥土鬆軟地裸露向藍天。遇到春天大風季節就成爲沙塵暴的隱患（因開墾而沙化的北方草原，歷史上比比皆是）。

至於被放棄的荒野，並不因爲離開了羊群的啃噬而得到拯救。相反，它會持續退化。沒有了羊蹄的輾轉踐踏，草籽不能和土壤緊密結合，不易紮根；失去了牲畜糞便的滋養，植被的生長環境更加艱難——再次強調，這是北方，這片土地太貧瘠，太無助。

至於羊群，停止每年數千里的跋涉後，羊肉品質將迅速下降。當然，比起其他損害，這可能是最次要的。

而我所能說出的這些後果，可能也只是冰山一角。

定居勢不可免，草畜已嚴重失衡。可「控制草畜平衡」對牧人們來說，千百年來一直是最起碼的常識，是連我們這些外人都能明白的道理！是什麼引起了失控？這大約也是人人都能明白的道理吧……在我們中間，能有多少人一餐吃到最後，盤子裡從沒剩過一塊肉？在一場又一場大肆宴請的餐桌上，有多少食物不是作爲裝飾品而存在的？一隻羊辛苦地成長，到頭來只是爲了滿足我們的浪費。羊群向大地勒索，我們向羊群勒索。是貪婪又冷漠的我們在破壞大地，絕不是游牧行爲。

眼下除了定居，似乎再無權宜之計。大地需要喘息，牧人需要公平地受用現代文明。游牧風景必然消失，與之對應的游牧傳統也必然瓦解。從此再也沒有哪種人類行爲能與環境水乳交融，與自然息息相關，再也沒有誰的心思能眞正體諒這片大地。自然界更加理所當然地用以「改造」，人更理所當然地以「主人」自居。全世界只剩最後一條道路。哪怕盡頭是深淵，我們也刹不住腳了。

說起來這一切是悲觀的，但我心裡仍有奇異的希望。我但願我所說的這一切只是狹隘的見識，我但願這世上只有我最懦弱。尤其是，我總會記得那麼多牧人相似的神情：坦率而恭謹，還有他們平靜溫柔的眼睛，像是已經原諒了一切安慰了一切。還記得許多爲促成定居而奔忙的人們，他們堅信自己的使命，因此也同樣純潔。還有我自己，我也在以自己的方式，以文學，留存美好，努力溝通和進步，並耐心期待……命運是深淵，但人心不是深淵。哪怕什麼也不能逆轉，先付出努力再說吧。

我寫以上文字爲序，希望能塡充這部書稿所缺失的部分。希望能在激流中栽下一根細木樁，微微牽繫一番這幾十萬文字堆砌的生存景觀，不致茫然流散。尤其希望札克拜媽媽一家平凡細碎的生活情景能因此得到更堅定的意味，永無結束般漂流在遠方人們的閱讀中，漂流在大海豐腴繁盛的一側——那裡與北方荒野天殊地別，卻命運一致。

二〇一三年八月

李娟

吉爾阿特和塔門爾圖

荒野來客

在吉爾阿特，站在最高的山頂上四面張望，也看不到一棵樹，看不到一個人。光禿禿的沙礫坡地連綿起伏，陰影處白雪厚積。遙遠而孤獨的羊群緩慢地漫延在半山坡上，傾斜的天空光滑而清脆。吉爾阿特的確是荒涼的，但作爲春牧場，它的溫暖與坦闊深深安慰著剛從遙遠寒冷的南方荒野跋涉而來的牧人們的心靈和眼睛。

還不到五月，卡西帕就換上了短袖T恤，在微涼的空氣中露出了健康明亮的光胳膊。我們拎著大大的編織袋去南面山谷裡拾牛糞。我們小心地繞過沼澤，沿著陡峭的山腳石壁側身前行。陽光暢通無阻地鋪滿世界，戈壁灘陰冷的地氣在陽光的推進下，深暗而沉重地緩緩下降，像水位線那樣下降，一直降到腳踝處才停止，如堅硬的固體一樣凝結在那個位置，與燦爛陽光強強對峙。直到盛大的六月來臨後，那寒氣才會徹底癱軟、融解，深深滲入大地。

無論如何，已經是春天了。戈壁灘上白色的芨芨草枯叢稀稀拉拉扎出了纖細的綠葉，細碎的灰綠色點狀葉片零零星星冒出大地。尤其在水流和沼澤一帶，遠遠看去甚至已塗抹了成片成片的明顯綠意。但走到近處才發現，那些綠，不過是水邊苔蘚和微弱的野草。

流經我們駐紮的山坡下的那條淺淺溪流就是從這條山谷裡的沼澤中滲出的，由於附近的牲畜全在這片沼澤邊飲水，山谷裡的小道上和芨芨草叢裡遍布著大塊大塊的牛馬糞團。我們一路走去，遇到看上去很乾的，先踢一腳，其分量在腳尖微妙地觸動了一下，加之滾落時的速度和形態，立刻能準確判斷出它是否眞的乾透了。乾透的自然拾走。沒乾透的，那一腳恰好使它翻了個面，潮濕之處坦曝在陽光下，加快了最後的水汽的揮發速度。這樣，在回來的路上或者第二天路過時，再踢一腳就可以把它順手拾起丟進袋子裡了。

有時候踢翻一塊牛糞，突然暴露出一大窩沸沸揚揚的屎殼螂，好像揭開了正在大宴賓客的宮殿屋頂。屎殼螂的名字雖然不好聽，但其實還算是漂亮可愛的昆蟲，它有明淨發光的甲殼和纖細整齊的肢爪，身子圓溜溜的，笨拙而努力。相比之下，張牙舞爪、色澤詭異的蠍子之類總讓人畏懼而不快。

每當卡西（卡西帕的暱稱）踢翻一塊大大的乾牛糞看到那幕情景，總會誇張地大叫，指給我看，然後衝它吐口水。

我們越走，彼此間離得越遠，肩上扛的袋子也越來越沉重。我走到一塊大石頭邊放下袋子休息了一會兒。抬頭環顧，在沼澤對岸看到了卡西，她正躺在陽光下明亮的空地上休息。她的紅T

恤在荒野中，就像電燈泡在黑夜裡一樣耀眼。離她不遠處，男孩胡安西手持一根長棍往沼澤水裡捅來捅去地玩，後腦勺兩條細細的小辮在風中飄揚。

半個小時後我們扛著各自鼓鼓的大袋子走上回家的路，胡安西也背了小半袋。勞動讓這個六歲的孩子像個真正的男子漢一樣沉靜而懂事，他一聲不吭跟在後面，累了就悄悄地靠在路邊的石頭上休息一下。

快到家的時候，我們在半坡上站定了回頭看，胡安西仍在下面遠遠的荒野中緩緩走著，孤零零的，小小的一點點，扛著袋子，深深地弓著腰身。

坡頂上，氈房門口，親愛的札克拜媽媽在火坑邊扒開清晨燒茶後的柴糞灰燼。她搓碎一塊乾馬糞灑在上面，俯著身子衝那裡連吹幾口氣。很快，看似熄透了的灰燼如甦醒一般在糞渣間平穩升起幾縷纖細的青煙。她又不慌不忙蓋了幾塊碎牛糞，這時大風悠長地吹上山坡，煙越發濃稠紛亂了。她再猛吹幾口氣，透明的火苗轟然爆發，像經過漫長的睡眠後猛地睜開了眼睛。

我連忙趕上前放下肩上的袋子，將所有牛糞傾倒在火坑邊，媽媽拾撿幾塊最大的，團團圍住火焰。一束束細銳鋒利的火苗從乾燥的牛糞縫隙中噴射著，媽媽在火坑上支起三腳架，調好高度，掛上早已被煙火熏得黑乎乎的歪嘴鋁壺。

就是在這一天，可可走了，斯馬胡力來了。

氈房後停著兩輛摩托車和一匹白蹄黑馬。除了斯馬胡力，札克拜媽媽的二女兒沙勒瑪罕及丈夫馬吾列也來了。騎馬來的則是卡西的同學。

我和卡西洗手進氈房之前，把又髒又破的外套脫下來塞進纏繞在氈房外的花帶子縫隙裡，再從同樣的地方抽出一把梳子攏了攏頭髮，取下髮夾重新別了一遍，還互相問一問臉髒不髒。

明明只來了四個客人，卻頓覺房間裡滿滿當當。大家圍著矮桌喝茶，食物攤了一桌子。可可縮在堆疊被褥的角落裡翻看相片簿，兩個小孩子跑來跑去。一個還跑不利索的嬰兒端端正正地靠著矮桌號啕大哭。

我們在吉爾阿特唯一的鄰居阿勒瑪罕大姐也過來幫忙了，此時她正斜偎在巨大的錫盆邊大力揉麵，說要做「滿得」招待客人。「滿得」其實就是包子一樣的食物。

昨天，媽媽和阿勒瑪罕去了北面停駐在額爾齊斯河南岸的托海爺爺家喝茶，帶回了好幾片宴席上吃剩的羊尾巴肥肉，煮得膩白膩白。另外還有好幾大片白白厚厚的、浮在肉湯上的凝固油脂。

當我得知阿勒瑪罕要把這些好東西剁碎了做包子餡時，嚇得一聲不吭，暗暗決定等吃飯的時候一定要突然嚷嚷肚子疼。

但真到包子熱氣騰騰出鍋的時候，就顧不了那麼多了，在拚命忍抑的情況下還是不知不覺吃了三個……邊吃邊極力地提醒自己：嘴裡正嚼的是白白的肥肉，膩汪汪的羊油……但一點用處也沒有。

想在荒野裡抗拒食物——幾乎不可能。在這樣的地方，但凡能入口的東西總是發瘋似的香美誘人，棗核大的一截野生鬱金香的根莖所釋放的那麼一點薄薄的清甜，都能滿滿當當充填口腔，經久不消。

飽餐之後總會讓人忍不住心生倦意。大家在花氈上或臥或坐，很少交談。

卡西的同學是東面五公里處的鄰居，這次來領自家失群的羊羔。這小子坐在上席，一聲不吭地吃這吃那，把可可放羊時從懸崖上摘回的一大把野蔥吃得只剩三根。

昨天傍晚我們趕羊歸圈時，發現多出了一隻羊羔，可可就把牠拴在門口，等著人來認領。第二天出去放羊時，他四處打聽誰家丟了羊。於是這就找上門了。

氈房門口就拴著那隻怒火萬丈的褐色羊羔，一看到有人靠近，牠就立刻後退三步，兩隻前蹄用力抵在地上，做出欲要拚命的架勢，並偏過頭來緊盯著對方膝蓋以下的某個部位。我走過去扯著牠細細的小蹄子一把拽過來，撫摸牠柔軟的腦門和粉紅的嘴唇。牠拚命掙扎，但無可奈何。

我摟著羊羔向遠處張望，一行大雁正緩慢、浩蕩地經過天空。等這行雁陣完全飛過後，天空一片空白，饑渴不已。

很快又有兩隻鶴悠揚而平靜地盤旋進入這空白之中。後來又來了三隻。共五隻，經久不去。

我早就知道可可要離開的事情，他的妻子再過兩個月就要分娩了。在去年初冬，南下的羊群經過烏倫古河南岸的春秋定居點時，這夫妻倆就停了下來，沒有繼續深入艱苦的冬牧場。今年春天羊群北上時，可可才暫時離開妻子，幫著家人把羊趕往額爾齊斯河北岸的春牧場。這次前來代替可可放羊的是斯馬胡力，可可的弟弟，札克拜媽媽的第四個孩子，剛滿二十歲。這個夏天裡，他作爲這個家庭裡的唯一男性，將成爲我們的頂梁柱。這小子一到家，和客人寒暄了兩句，就趕緊掏出隨身帶的舊皮鞋換下腳上的新皮鞋，然後坐在門口不勝愛憐地大打鞋油，忙個不停。

我很喜歡可可，他害羞而漂亮，黑黑的，又瘦又高。記得第一次見面時，我在荒野裡迷了路，已經獨自轉了半天。當我爬到附近最高的山頂上，遠遠的，一眼看到對面山梁上騎著馬的可可時，一陣狂喜，拚命揮手，大聲呼喊，激動得不得了。但心裡又隱隱有些害怕，畢竟這荒山野嶺的……其實可可是善良的，他永遠也不會傷害別人。而這片荒野本身就充滿了安全感，生存在這裡的牧人都有著明亮的眼睛和從容的心。

後來才知道那並不是我們的第一次見面，在很多年的冬天裡，他常去阿克哈拉我家雜貨店裡買東西。他能記得我，我卻總是糊里糊塗的。而就在那次見面的前不久，我還去了他在烏倫古河南岸定居點的家中拜訪過他和他的父親沙阿，當時和他面對面坐著喝茶，說了半天話。

——可是那時，我卻衝上山梁，筆直地衝向他，對他大喊：「老鄉！請問這條路去往可可的房子嗎？老鄉！請問你認識可可嗎？」……

至於前來的二姐夫馬吾列一家，他們開著一個活動的小雜貨店，駐紮在額爾齊斯河北岸快一個月了。這次是來送麵粉並前來道別的，三天後，他家雜貨店就要出發進入夏牧場了。我們則還要再等一個月。

馬吾列姐夫人高馬大，頭髮剛硬，面無表情。家裡兩個孩子長得像他。很不幸，兩個孩子都是女孩，有事沒事統統吊著臉。

下午太陽偏西的時候，馬吾列一家才起身告辭。沙勒瑪罕姐姐用大衣把三歲半的瑪妮拉裹得刀槍不入，穩穩當當架在摩托車上，再把一歲半的小女兒阿依地旦緊緊掖在懷裡。在我們的注視下，一家四口絕塵而去。

斯馬胡力也是騎摩托車來的，從南面烏倫古河畔的春秋定居點阿克哈拉到吉爾阿特，得穿過阿勒泰前山一帶大片的戈壁灘，再經過縣城進入吉爾阿特連綿的丘陵地帶。我也曾坐摩托車走過那條荒野中的路，八個多小時，迷了兩次路。頂著大風前行，被吹得齜牙咧嘴。到地方後，門牙被風沙吹得黑乎乎的，板結著厚厚的泥土，劉海像打過半瓶啫喱水[1]一樣硬如鋼絲。

此時，可可也將沿那條路離去，把摩托車再騎回阿克哈拉。

我們站在門口，看著他騎著摩托車繞過氈房，衝向坡底，經過溪水時濺起老高的水花。很快，身影就消失在北面的山谷盡頭，只剩摩托引擎聲在空谷間迴蕩。

客人散盡的吉爾阿特，寂靜得就像阿姆斯壯到來之前的月球表面。雖然客人在的時候也沒有掀起過什麼喧嘩。

自從斯馬胡力來了之後，大約有半個多月的時間裡我們都沒有再見到其他人了。只有一天清晨，有一支搬遷的駝隊遠遠經過了山腳下的土路。

我和卡西站在家門口看了半天，一共三匹馬，三峰駱駝，一架嬰兒搖籃和一隻狗。羊也不多，大大小小百十隻，看來是一個剛分出大家庭不久的小家戶。

還在前天，斯馬胡力放羊回來，在晚餐桌邊就告訴了我們：南面牧場的某某家快要轉場了。於是這兩天媽媽一直在等著他們的經過，還為之準備了一點點優酪乳。

1 頭髮定型劑。

春牧場上母牛產奶量低，幾乎沒什麼奶水可供人食用的。其實從冬天以來，札克拜媽媽家就很少喝奶茶了，平時我們只喝茯磚煮的黑茶，喝的時候只在茶裡放一點鹽。黃油也沒有，只有白油（用綿羊肥大的尾巴上的肥肉提煉出來的凝固油脂）可供抹在饢塊（我們的日常主食，用沒有發酵過的麵團烘烤的乾麵包）上或泡進茶裡食用。難得某一天能在黑茶裡加一點點牛奶。儘管這樣，媽媽還是想法子省出了一部分做成了全脂優酪乳。

那天，一看到駝隊剛剛出現在南面的山谷口，媽媽就轉身回氈房，解下頭上的綠底紫花的棉線頭巾重新紮裹了一遍，換上乾淨體面的一件外套。然後擰下暖水瓶的塑膠蓋子，從查巴袋（發酵優酪乳的帆布袋）裡小心地倒出了大半蓋子優酪乳。她端著出門走下山坡，遠遠地前去迎接。

我們一直站在門口看著，看到駝隊緩緩停下來，馬背上的人接過媽媽遞上的優酪乳，喝幾口再遞還給媽媽，媽媽又將它送向另一匹馬上的人。這個暖瓶蓋子在馬背上的三個人之間傳來傳去，直到喝空爲止。然後他們和媽媽匆匆聊了幾句什麼，就繼續前進了，媽媽也持著空蓋子往回走。但她走到半坡上又站住，轉過身目送駝隊遠去，直到其完全消失在土路拐彎處的山背後。

給路過自家門口的駝隊準備優酪乳，是哈薩克牧民的傳統禮性。黏乎乎的優酪乳是牛奶的華美蛻變，又解渴又能充饑。對於辛苦行進在轉場途中的人們來說，是莫大的安慰和享受。

媽媽持著空蓋子回來後，對我們說：「我們也快搬啦，吉爾阿特，哎——吉爾阿特！」

我問卡西：「我們下一個牧場是哪兒？」

「塔門爾圖。」

「遠嗎？」

「很近，騎馬一天的時間。」

「那裡人多嗎？」

「多！」她掰著指頭列舉：「有爺爺家，還有努爾蘭家……還有……」

又想了半天，卻說：「沒了！」

我一聽，總共也就兩家鄰居嘛。不過總算比吉爾阿特強些，吉爾阿特只有阿勒瑪罕一家鄰居。還隔了一座小山。

連忙高興地問：「我們會在那裡住多久呢？」

「十天。」

我氣餒。

「多住幾天不行嗎？」

「那裡羊多，草不好。」

我心想：那不就和現在的吉爾阿特一樣嗎？何必再搬？

儘管如此，還是非常地嚮往。

在吉爾阿特的日子，寂靜得如漂流在大海上。而海天一色，四面茫茫。

但有一天，喝上午的第二遍茶的時候，山谷裡突然迴響起摩托車的聲音。於是漂流在茫茫大海中的我們總算發現了一點點島嶼的影子。趕緊一起跑出去看，果然，有兩輛摩托車在荒野中遠遠過來了。我們目視著他們來到山腳下熄火，把車停放在水流對面，然後一起向坡上走來。

媽媽說：「是漢族，收山羊絨的。」

我們家有二、三十隻山羊，這個季節剛剛梳完羊絨，用一個裝麵粉的口袋裝了大半袋呢。上次馬吾列姐夫來的時候，拚命往袋子上澆熱茶，希望它能吸收潮氣變得沉重一些。媽媽大聲呵斥他，但並沒有眞正地阻止。

但是這一天這筆生意沒做成，價錢始終談不攏。兩個漢族人茶也沒喝就走了。我們又站在老地方目送他們離去。媽媽說：「羊絨、羊毛，越來越便宜了！油啊麵粉啊，越來越貴！」

但我覺得哪怕羊絨眞的越來越便宜了，那些進山做這種生意的人仍然很辛苦。何況他們大約還不知道絨上澆過水。

（嗯，後來，這袋山羊絨到底還是賣給幹壞事的馬吾列了……）

就在那天之後的第二天上午，我和卡西幹完家裡的活，一起去唯一的鄰居阿勒瑪罕大姐家串門子。

我們翻過西面的小山，沿著纖細寂靜的土路在荒野中走了好一會，土路的盡頭就是阿勒瑪罕家低矮的石頭房子，旁邊是更加低矮的石頭羊圈。

低頭一進門，意外地看到了兩個從沒見過的女孩子，都很細白的膚色，一看就不是牧業上的姑娘。一問，果然是北面額河南岸一帶村莊的農民孩子，與阿依橫別克姐夫有親戚關係的。大的十二、三歲模樣，小的才八、九歲。據說兩人一大早就徒步出發了，走了十幾公里的山路呢。

哈薩克人的做客通常是很鄭重的事情，哪怕只是孩子，也帶有禮物上門。這兩人的禮物是一塊舊軟綢包裹的風乾羊肉和幾塊胡爾圖（脫脂優酪乳製作的乾乳酪）。

大家都對那個小一點的，叫做「阿依娜」的孩子讚不絕口。她一副機靈的樣子，五官俊俏，寸把長的短髮漆黑油亮。所有人都沒完沒了地誇她頭髮好，黑得根本不用染。

不知爲什麼，很多人頭髮明明很黑了，還要繼續往黑裡染。我家雜貨店裡廉價的染髮劑「一洗黑」一年四季都在賣個不停。

其實，我覺得大一點的那個叫「哈夏」的孩子更漂亮。眼睛乍一看是淺灰色的，仔細看卻是淡藍色，做夢一般輕輕睜著，動人極了。膚色較之另一個更淺一些，頭髮是淺褐色的，柔順光滑地編成細細的辮子。

雖然兩人還是孩子，但都規矩得不得了，並排靜靜坐在炕上，禮貌而拘謹，一句話也不說。對大人的提問也只壓著嗓子簡潔仔細地回答一兩句。顯然，她們對我的存在同樣也驚奇不已，不住地偷偷地打量我。

一般來說，農民沒有牧民那麼辛苦，但比起牧民來窮困多了。但這兩個孩子面對阿勒瑪罕鋪滿餐布的食物，無論看上去再誘人，每樣也只嘗一次。

阿勒瑪罕還特意爲兩個小客人燜了抓飯，像招待眞正的大人那樣鄭重。熱氣騰騰的一大盤白米飯端上來後，大家趕緊七手八腳撥開餐布上的其他食物，騰出地方來放這只大盤子。可是面對這麼誘人的香噴噴的新鮮抓飯，兩個孩子也只吃了不到十勺，而且吃得很整齊，只在自己面前的盤沿邊挖了淺淺一道彎。

在我們家裡，女人也是很少吃飯的，我、媽媽和卡西，三個人只吃全部主食的一小半，剩下一大半全是斯馬胡力一個人的。

要是覺得不飽的話，我們三個就多多地喝茶，用茶水泡硬饢塊吃。

因爲家庭裡的男人總是最辛苦的，一定要由著他吃好吃飽。

這兩個孩子才這麼小，就已經很熟諳本民族傳統女性應有的忍耐和節制似的。

大人離開後，屋裡就只剩姑娘們了，女孩哈夏從口袋裡掏出一大把均勻的小石子，粒粒都只有指頭大。於是大家開始抓石子玩，氣氛頓時輕鬆多了。

我小時也很癡迷這種遊戲，但因爲太笨了，沒人肯和我玩。慚愧的是，二十年過去了仍沒啥長進，一輪下來，就輸得乾乾淨淨，只好看著大家玩。

由於實在很丟人，我便努力地解釋：「我的手太小了嘛！」並且把手伸出來給她們看——這就是爲什麼我一次頂多只能搶握三粒石子的原因。

但加依娜立刻也把手伸出來和我比，她的手和我一樣的大，但她一次能抓七、八粒……

眞是沒面子，我只好聲色俱厲地說：「壞孩子！太壞了！」但誰也不理我。

石子抓得比我多倒也罷了，下午背冰的時候，倆孩子居然也背得比我多！

沼澤裡流出那道薄薄的水流無法採集，而且太渾濁，只有牲畜才飲用的。於是在吉爾阿特，能供我們食用的水，便只有山體背陰的褶隙間堆積的厚厚冰層。我們得用斧頭把冰一塊一塊砍下來，再背回家化開使用。取用最近的冰源得翻過一座山坡，再順著山谷一直走到西南面盡頭的山梁下。

就算是客人，趕上勞動的時候也得參與。兩歲的沙吾列吃了我家的晚飯後，還得幫著趕羊呢。

人多背冰倒是滿愉快的事情。加上阿勒瑪罕和胡安西，我們一共六個人。砍冰的時候，一人掄斧頭來那麼一下子，冰屑滿天，大家嘰嘰喳喳、躲躲閃閃、推推攘攘，不時有人在堅硬的冰層上重重滑倒，再順著冰的大斜坡一路溜下去。運氣不好的話，就會一直溜到斷層處再高高地摔下地面，引起哄堂大笑。兩個小姑娘這時才表現得像孩子的模樣，又跳又叫，又唱又笑，越是最危險的地方，越是慫足了勁地瘋鬧。

第二天，我和卡西再次去背冰的時候，冷冷清清地走在同樣的山谷裡，便互相歎息道：人多眞好啊，爲什麼我家不來客人呢？

背著冰回去的路上，又氣喘吁吁地互相哀歎：還是人多好，跑一趟抵我們倆跑好幾趟的……似乎除了我們兩家前來背冰的人，這段山谷裡再也沒有人經過了，有時候走著走著，卡西就會撿到一枚自己去年春天遺落在路邊的塑膠髮卡[2]。

山谷裡唯一的那條小道也時斷時續，若有若無。這山谷是個死胡同，盡頭堵著厚厚的冰層。

2 用來固定頭髮的夾子。

一靠近山谷盡頭，還有幾十步遠的時候，就感覺到寒氣撲面了。再走幾步，轉過一塊大石頭，「嘩」的一下子，視野裡全面鋪滿了又白又耀眼的冰的世界！冰層上還蓋著凝固得結結實實的殘雪。

冰層邊緣截然斷開，像一堵牆那樣高高地聳立面前，貼著地面的部分已經在春天暖和的空氣中蝕空，一股晶瑩的水流從那裡流出，流出十幾步遠後，消失在山腳下的石堆縫隙裡。

我們互相托扶拉扯著爬上高高的冰層。往前走幾步，沿著山坡的走勢向左拐一個彎，視野中，一面更爲巨大的冰的大斜坡自南向北拖拽下來。卡西從冰層邊緣靠著山體的石縫裡摸出來了一把又大又沉、木柄又長又粗的斧頭。——眞好，在一個從來也不會有人經過的地方，只要你記性夠好，東西塞在哪兒也丟不了。

她用斧刃刮去冰層上有些髒了的殘雪，然後一下一下地砸擊腳下幽幽發藍的堅硬冰層。一道道裂隙不斷加深，一團團臉盆大的冰塊塌下來，冰屑四濺。她不時停下來拾一小塊碎冰丟進嘴裡「喀啦喀啦」地嚼。這是孩子們在吉爾阿特不多的零食之一。

我則幫著把砍開的冰塊一一裝進袋子，不一會兒手指就冷得發疼。

就在這時，一抬頭，像遇見鬼似的！在天空與冰雪的單調野漠的世界裡，居然出現了一個漂漂亮亮、整整齊齊的小姑娘！

她正小心翼翼地在上萬冰層盡頭一步一滑地往下滑蹭著行進，挽著一只亮晶晶的皮包。

我和卡西一時沒回過神，都停下手裡的動作，呆呆看著她越走越近。後來，卡西像突然才想起似的，叫出了她的名字，主動打起招呼來。那姑娘漫不經心地答應一聲，繼續險象環生地往下蹭。她的鞋跟太高了。

走到跟前，才看清，她的絕大部分「漂漂亮亮」原來只是衣飾的漂漂亮亮——黑色閃光面料的外套裡面是寶石藍的高領毛衣。脖子上掛著大粒大粒的瑪瑙項鍊，左右耳朵各拖一大串五顏六色的塑膠珠子。花毛線手套，打過油的高跟鞋。頭髮紋絲不亂（我和卡西則飛毛亂乍的），後腦勺兩邊對稱地別了一對極其招搖的大蝴蝶髮夾。辮子梢上纏著一大團翠綠色金絲絨的髮箍。手指上一大排廉價戒指。渾身香氣沖天，一聞就知道用的是一種名叫「月亮」的藍色小瓶裝香水，已經在我們當地的姑娘媳婦中間流行二十多年了，同時還可作驅蚊水……

如此拚命的架勢，在城裡出現的話會顯得很突兀很粗俗的。但在荒野裡——荒野無限寬厚地包容著一切，再誇張地打扮自己都不會過分。哪怕從頭到腳堆滿了花，也只是漂亮，只是漂亮，僅僅只是「漂亮」而已——怎能說不漂亮呢？人家從頭到腳都堆滿了花了。

她們倆沒完沒了地問候，然後在有限的時間裡迅速地相互交換各自的最新見聞。誰家新近搬來了附近，誰家的女兒去阿勒泰上學了，誰家小夥和誰家姑娘好上了等等。

我在旁邊細心打量那姑娘，她臉蛋上塗著厚到快要板結的粉底，但是塗到耳朵附近便戛然而止。嘴唇上也不知反反覆覆抹了多少遍口紅，以至於門牙都紅了。就衝這股認眞猛烈的打扮勁兒，也絕對能給人留以不折不扣的「漂亮姑娘」印象。至於她本來長得啥樣兒，誰都不會注意到。

分手後，我和卡西一邊夯哧夯哧扛著冰走在上坡路上，一邊議論這個去額爾齊斯河畔村莊親戚家做客的姑娘。原來，她之所以不辭辛苦翻越冰達坂，是因爲另一條路漫長而多土。怎麼可以走那條路呢！她的衣服多新啊，皮鞋多亮啊，頭上又澆了那麼多頭髮油！

卡西無限嚮往她的皮包和外套，而我則下定決心也學著像她那樣刀槍不入地化妝。我們佝僂著肩背，氣喘吁吁爬到山頂最高處時，不約而同地停下來回頭張望，看到那姑娘還在下面光禿禿的山谷裡無限美好地錦衣獨行，寂寞而滿攜熱烈的希望。

小小伙子胡安西

胡安西六歲，光頭，後腦勺拖了兩根細細的小辮，亂七八糟紮著紅頭繩。他的媽媽阿勒瑪罕說，這個秋天就要爲他舉行割禮了，到時候小辮子就會喀嚓剪掉。

再任性調皮的孩子，有了弟弟妹妹之後，都會奇異地穩重下來似的。胡安西也不例外，平時胡作非爲，但只要弟弟沙吾列在身邊，便甘願退至男二號的位置，對其百般維護、忍讓。當沙吾列騎在胡安西肚子上模仿騎馬的架勢，前後激烈搖動時，胡安西微笑著看向弟弟的目光簡直算得上是「慈祥」了。

沙吾列還小，大部分時間都得跟在阿勒瑪罕身邊。胡安西卻大到足夠能自由行動了，每天東遊西竄，毫不客氣地投身大人們的一切勞動，並且大都能堅持到底。這讓人很不可思議。

許多城裡的孩子，什麼事做煩了，隨手一扔便是，不需任何理由。好像他們知道小孩子是無需背負「責任」這個東西，好像他們都懂得熟練地行使小孩子的權利。而胡安西僅僅只有六歲，在這方面就已經具備成人的心態似的，似乎他已經深知爲什麼「放棄」即是「羞恥」。他已經有羞恥感了。很多時候都能感覺到他總是在為自己不能像大人那樣強壯有力而困惑，並且失落。

無論如何，他畢竟只是個孩子啊，同其他孩子一樣，也熱衷於幻想和遊戲。爸爸的一把榔頭到了他手裡，一會兒成為衝鋒槍「叭叭叭」地掃射個不停；一會兒成為捶優酪乳的木槌，在子虛烏有的查巴袋裡「咚咚咚」地又攪又捶；很快又成為馬，夾在胯下馳騁萬里。

胡安西家是不住氈房的，在吉爾阿特荒野，他家有現成的石頭房子，每年來春牧場放牧時都會住進去一個月。已經住了好多年了。說是房子其實很勉強的，那只是四堵不甚平整的石頭牆擔著幾根細椽木的簡陋窩棚。椽木上鋪了一層厚厚的芨芨草，再糊上泥巴使其不漏雨，就算是屋頂。面積不到十個平方，又低又矮。屋裡除了占去大半間房的石頭大通鋪外，再沒有任何家具。灶台簡陋，牆上只掛了一面紅色舊薄毯，再沒有其他裝飾物了。家裡最重要的東西塞在房頂的椽木縫隙裡。最重要的東西分別是：戶口名簿、結婚證和獸醫填寫的牛羊疫苗注射情況表格。

屋外是空曠單調的山谷空地，四面環繞著光禿禿的矮山，羊圈也是石頭壘砌的，緊挨著石頭房子。

然而這樣簡陋寒酸的家對於小孩子胡安西來說，已經足夠闊綽了。爸爸每天都出去放羊，媽媽總是帶著小弟弟幹活、串門子。胡安西便常常一個人待在家裡，挎著他的「衝鋒槍」四處巡邏。一會兒鑽進羊羔棚裡，從石頭牆冒出一點點腦袋和一支槍頭，警惕地觀察外面的情況。一會兒大叫著衝過山谷實施突襲，給假想中的目標一個措手不及。

他嘴裡念念有詞，爬上羊圈的石牆，從高處走了一大圈，再從斜搭在石牆上的木頭上小心翼翼蹭下來，然後匍匐前進，爬上石頭堆，再爬下石頭堆，經歷千山萬水來到家門口。神色凝重，耳朵緊貼地面聆聽一會兒，然後飛身撲向木頭門，一腳踹開，持槍「叭叭叭」一頓掃射，屋裡匪徒全都斃命。但他絲毫沒有放鬆警惕，側身閃進屋裡，跳上大通鋪，撲向小小的石頭窗洞，在那裡成功地擊斃了最後一個準備破窗而逃的漏網之魚。

在激烈的剿匪過程中，若是突然發現木板門上有根釘子鬆動突出了，他會立刻暫停劇情，把「槍」倒個個兒，「砰！砰！砰！」完美地砸平它。

總之從來沒見這孩子閒過……問題是，他又從哪兒學到的這一整套奇襲行為呢？吉爾阿特又沒電視可看。

胡安西最大的夢想是騎馬。但幾乎沒有機會。便只好騎羊。導致家裡的羊全都認得他了，一看到他就四散哄逃。

胡安西有著取之不竭用之不盡的零食，那就是冰塊，整天含在嘴裡啜得　啦有聲。哪怕正過著寒流，溫度到了零下。我一看他吃冰塊的樣子，就捂緊羽絨衣，泛起一身雞皮疙瘩。

胡安西也會有哭的時候。他非要逮一隻小羊羔，撲撲騰騰追來追去，半天都沒逮著，反而被羊羔的蹄子狠狠蹭了一下，胳膊上刮破一大塊皮，血珠子都滲了出來。這當然會很疼了，他就疼得哇哇大哭。但是大人過去一看，覺得沒什麼大不了的，就踢他一腳，走開了。他哭一會兒，自己再看看，血不流了，又繼續跑去抓羊，百折不撓。

依我看，傷得滿重的，後來凝結了厚厚的傷疤，直到我們搬家的那一天，疤還沒掉。

胡安西最愉快的夥伴是外婆札克拜。外婆無比神奇，又遠比父母更溫和耐心，絕對能滿足孩子們的一切要求。胡安西在卡西的練習本上亂畫線條。並且聲稱他畫的是牛。阿帕看了說：「哪裡！牛是這樣的嘛——」

她捏著那截一寸來長的鉛筆頭，先畫一個圓圈，是牛的圓肚子，再往圓圈一側加個小圈作爲頭，另一側加上尾巴，下面加四隻腳。這東西果然很像牛，但要說像狗像羊也沒錯。

這種魔術似的即興創作使得胡安西興奮得大喊大叫。他和沙吾列兩個突然忙了起來，在房間裡跑來跑去，尋找一切有形象的事物，指東指西地大喊：「阿帕！來個酒瓶！」一會兒又說，「阿帕再來一個湯勺！」

在孩子們的要求下，阿帕把房間裡能有的所有東西，包括小凳、鑵子、柴禾在內，都畫了出來。然而，這簡陋的房間裡的生活用具畢竟是極其有限的。把筷子和饢餅也畫過之後，胡安西又要求畫老狗班班。於是阿帕便畫了一個和剛才的牛沒什麼不同的形象。

接下來阿帕還靠記憶畫出了定居點才有的雞、西瓜和電視機。還畫了一棵掃帚一樣的樹。

於是第二天，胡安西在附近戈壁灘的空地上到處都塗滿了這種掃帚一樣的樹。因爲他不許羊從有「樹」的地方經過，阿依橫別克就打了他一頓。

胡安西第二個好朋友是卡西帕。成爲年輕女性的跟班似乎是所有小男孩的榮耀。卡西帕走到哪，他就跟到哪兒，見縫插針地打下手[1]。

卡西帕說：「袋子！」他「刷」地就從腰間抽出來雙手遞上。

卡西帕說：「茶！」他立刻跳下花氈衝出門外，把滿滿當當的、滋啦啦燒開的茶壺從三腳架上拎下來——對於一個小孩子來說，這是多麼危險的一件事啊，幾公斤重的大傢伙，稍微沒拿穩就會澆一身的沸水。但卡西這麼信任他，他一定感到極有面子。爲了不辦砸這件事，他相當慎重仔細：先把火堆扒開、熄滅，再尋塊抹布墊著壺柄小心平穩地取下來，然後雙手緊緊提著，又

1 幫忙，當助手。

開小短腿，半步半步地挪進氈房。至於接下來把沸水灌到暖瓶裡，這可是個大事，他很有自知之明，並不插手。

如此小心謹慎，毫不魯莽，我估計之前肯定被開水燙過，深知那傢伙的厲害。

胡安西雖然不是嬌慣的孩子，但總有蠻不講理的孩子氣的時候。那時大家也都願意讓著他，反正容讓一個小孩子是很容易的事嘛。但一到勞動的時候，就再沒人對他客氣了。他也毫無怨言地挨罵挨打，虛心接受批評。

大家一起幹活時，勞動量分配如下：斯馬胡力＞卡西帕＞扎克拜媽媽＞李娟＞胡安西。讓一個六歲小孩子的排名僅次於自己，實在很屈辱。但毫無辦法，這個排行榜的確是嚴肅的。比方說，背冰的時候，卡西背三十公斤，我背十幾公斤，胡安西背七、八公斤，毫不含糊。

胡安西在參與勞動的時候，也許體力上遠遠不及成人，但作爲勞動者的素質，是相當成熟的。力所能及的事努力做好，絕不半途而廢。至於心有餘而力不足的事，就趕緊退讓開來，不打攪別人去做，並且很有眼色地四處瞅著空子打下手。

童年是漫無邊際的，勞動是光榮的，長大成人是迫切的。胡安西的世界只有這麼大的時候，他的心也安安靜靜地只有這麼大。他靜止在馬不停蹄的成長之中，反覆地揉煉著這顆心，像卡西帕反覆揉麵一樣，越揉越筋道[2]。他無意識地在爲將來成爲一個合格的牧人而寬寬綽綽地著手準備著。但是這個秋天，胡安西就要停止這種古老的成長了，割禮完畢後他就開始上學了。他將在學校裡學習遠離現實生活的其他知識，在人生中第一次把視線移向別處。那時的胡安西又會有怎樣的一顆心呢？

2 有彈性，有嚼勁。

馬陷落沼澤，心流浪天堂

是的，每次背冰的時候，我背的還不到二十公斤，而六歲的胡安西都能背七、八公斤呢。可憐的卡西，背得最多，至少有三十公斤。

我們扛著冰，翻山回家，卡西汗流如瀑。融化的冰水浸透了她的整個腰部和褲子。儘管四月正午的戈壁灘已經非常暖和了，我們出門背冰之前還是披了厚厚的羊皮坎肩，還把絮著厚厚的羊毛的棉大衣挽在腰上。但每次回到家，肩部和屁股上還是會被冰水浸透。扛著冰塊爬山的時候，我腰都快要折斷了，手指頭緊緊地摳著勒在肩膀上的編織袋一角，快被勒斷了似地生痛。但又不敢停下休息，冰在陽光下化得很快，水珠一串一串越流越歡，而家還遠著呢。

小胡安西也一次都沒休息，不過他家要近一點，向北穿過短短的山谷，拐個彎就到了。剛爬到山頂，一眼看到山腳下的小道上有一支駝隊緩緩經過，我便停住了腳步，放下沉甸甸的冰塊。

眞不想讓別人看到自己的這個狼狽樣兒，頭髮蓬亂，氣喘如牛，舉步維艱。春日溫暖的天氣裡還穿著羊皮坎肩，而且還濕了一大片。扛冰的樣子就更別提了，腰背弓成九十度，梗著脖子努力往前看，每走一步都踉蹌一下，小腳老太太似的……

可是，停住不走反而更招人注意。馬背上的人頻頻往我這邊看，交頭接耳，隨行的狗也衝我直叫。總感覺駝隊行進速度因此明顯慢了下來，等了老半天才總算全部走過去。冰化得一塌糊塗，地上濕了一大片。我以爲這下會輕一些，結果一扛起來，腰照樣還是彎成九十度。

一路上地勢越來越高，風越來越猛烈，呼啦啦的東南風暢通無阻地橫貫天地。四面群山起伏，荒野空曠寂靜，剛才那支駝隊完全消失在道路拐彎處之後，立刻變得好像從來不曾在這個世界上出現過一樣。

只有視野右邊的山谷口三三兩兩停著一大群馬。

我們出門時，牠們正從南面山崖一側跑下來，湧向那條狹窄山谷。那是我們平時撿牛糞的地方，分佈著成片的小沼澤。當馬群停在水邊，分散飲水的時候，我和卡西還略略數了一下，有二十多匹成年馬，其中約有一小半帶著幼齡的小馬駒，另外還有五、六匹剪過尾巴的低齡馬。

當時我還說：「誰家的馬群啊？這麼有錢。」又說，「卡西帕，我們家好窮！我們只有四匹馬……」

此時，馬群已經漫過沼澤，似乎準備離開，又像在等待什麼。

走在前面的卡西突然停下來，居高臨下看了一會兒，回頭衝我大喊：「看，馬掉進去了！」我低頭衝那邊的山谷盡頭一看，果然，隱約有一匹紅母馬在那裡的黑泥漿中激烈地掙扎，已經陷到了大腿處，豈不知越掙扎就會陷得越深越緊。

一匹瘦骨嶙峋的小馬駒在旁邊著急地蹦跳、嘶鳴，不能明白母親發生了什麼事。

我連忙放下冰塊，說：「過去看看吧！」

但是卡西不讓，再這麼耽擱下去，冰越化越快，多可惜！只好先背回家再說。

回到家，一個人也沒有，媽媽和斯馬胡力不知都到哪裡去了。把冰塊卸進敞口大錫鍋裡後，我立刻出門去看那匹馬，卡西去山梁西邊找阿依橫別克。他家是我們在吉爾阿特唯一的鄰居，這一大片牧場上的男人只有阿依橫別克和斯馬胡力兩個。

我一個人走進深深的山谷，沿著山腳的石壁小心繞過沼澤，很快來到了那匹馬身邊。

小馬看到有生人接近，連忙走開。但又不願意遠離母親，就在附近徘徊著啃食剛冒出大地的細草莖，不時側過頭用眼睛試探地盯視我。

紅馬已經不能動彈了，渾身泥漿。看我走近，本能地又掙扎了一下。我拾起石頭扔過去，希望牠受驚後能一下子蹦出來。

但是等我把這一帶能搬動的石頭全都扔完了也沒什麼進展。

四下極靜，明淨的天空中有一隻鶴平穩緩慢地滑過。

一個人待在這裡，面對陷入絕境的生命，畢竟有些害怕。又過了一會兒便離開了沼澤。我邊走邊回頭張望，那小馬一看我離開，就趕緊回到母親身邊站著，用嘴輕輕地拱牠的脖子，牠可能在納悶母親爲什麼不理睬自己了。大約分量輕的原因，牠倒陷不下去。

剛走到山谷口，迎面遇上了卡西，卻只有她一個人，手裡提著一大卷牛皮繩。

原來阿依橫別克也不在家，去北面群山間放羊了。阿勒瑪罕大姐也不在家。

這才想起上午札克拜媽媽和大姐帶著沙吾列去北面五公里處山間谷地的爺爺家喝茶去了。

卡西在牛皮繩的一端打了繩圈，然後試著甩向沼澤中露出的馬頭。但她顯然沒有斯馬胡力那樣的技術。斯馬胡力套馬可準了，小跑的馬都可以套上，卡西卻連陷在泥中一動也不能動的一顆腦袋都……

可是斯馬胡力到哪兒去了呢？

平時總愛嘮叨斯馬胡力的少爺脾氣，爲什麼一回家就要把毛巾和茶碗送到手上？——實在可恨。

每當他騎馬經過背冰的卡西，總是高高在上、氣定神閒，跟什麼也沒看到一樣。而可憐的卡西正汗流滿面，大聲喘著粗氣。

可是，在這種時候，第一個想到的就是他了。男人畢竟是有力量的，天生讓人依賴的。要是斯馬胡力在家，他一定會有主意。

甩套沒有用，卡西決定親自下去套，她捲起褲腳持著繩子踩進了黑色的沼澤泥漿……我心都提到嗓子眼了，一直看到她穩穩當當走到馬跟前，才鬆了口氣。原來沼澤其實也並沒有那麼危險，表層的泥漿在春日的陽光下曬得已經很緊了，加之淤泥中又裹有團團的細草莖。只因馬蹄是尖的，身體又那麼重，就很容易陷下去。但人的體重輕，腳掌又寬長，陷到小腿肚那裡就停止了。

但當卡西扯著馬鬃毛使勁拉扯時，突然身子一歪，一下子陷沒到膝蓋那裡！嚇得我趕緊踩進泥裡把她扯出來。泥漿地雖不危險，但前面幾步遠處就是稀稀的泥水潭，看情形非常深。

她又試著手持繩圈往馬頭上套，卻還差一尺多遠才搆得著。

於是她乾脆踩上馬背，跪在馬肚子上俯身去套……可憐的馬啊，承載著卡西帕後，我親眼看到牠的身子又往下陷了一公分。

太陽西斜，山谷裡早就沒有陽光了，空氣陰涼。我光腳站在馬身邊冰冷的泥漿裡，撫摸著溫熱的馬背，感到有力的河流在手心下奔騰、跳動。牠的生命還是強盛的。這才略略有些放心。

套好繩子後，我們兩個岸上岸下地又扯又拽，弄得渾身泥漿。那馬紋絲不動。

我們只好先回家，等男人們回來再說。

兩個小時後，太陽完全落山，漫長的黃昏開始了，氣溫陡然下降。我穿上了羽絨衣獨自走進山谷又去看那馬。牠由原先四個蹄子全陷在泥裡的站立姿勢變成了身子向一邊側倒，看來我們不在的時候，牠又孤獨地歷經了最後一次拚命的掙扎。但這只使牠拔出了左側的前腿和後腿，卻導致右側的兩條腿更深、也更結實地（一種非常不舒服的姿勢）別進了淤泥中，更加無法動彈。

冰碴一般寒冷的泥漿使牠開始渾身痙攣（夜晚溫度會在零度以下），圓圓大大的肚皮不停激烈抖動著，我想牠身體裡的河流已經開始崩潰、氾濫了……糊在牠背上的淤泥已經板結成淺色的土塊。小馬仍然靜靜地站在母親身邊，輕輕地睜著美麗的大眼睛。

馬群不能繼續等待下去，迂迴曲折地漸漸走遠。

小馬之前一直孤獨地守著母親，但馬群的離去使牠在兩者之間徘徊了好一陣，最後很不情願地離開母親，跟上了大部隊。牠邊走邊苦惱地回身打轉，還是不明白母親到底怎麼了。

卡西說，這麼小的小馬駒，如果失去母親，恐怕也活不了幾天。

也不知是誰家的馬，都這麼長時間了，也沒人過來找找。

後來才知道，馬群大都野放的，除非要吃鹽了，否則不會每天都回家。

卡西抬出大錫盆，開始和麵，準備晚餐。我也趕緊生火，燒茶。羊群陸續回來了，在山坡下靜靜等待著，大羊和小羊還沒有分開，駱駝還沒有上腳絆。該做的事情還有很多。我卻老惦記著不遠處冰冷沼澤裡那個正在獨自承受不幸的生命，焦慮不已。如果牠死了，牠的死該多麼孤獨迷惘啊。馬的心靈裡也會有痛苦和恐懼嗎？

天色漸漸暗下來，呵氣成霜。我走出氈房，站在坡頂上四面張望。努力安慰自己說：這是世上最古老的一處牧場，在這裡，活著與死亡的事情都會被打磨去尖銳突兀的稜角。在這裡，無論一個生命是最終獲救還是終於死亡，痛苦與寒冷最後一定會遠遠離去。

都一樣的，其實都一樣的吧？放不下的事情終得放下啊……更多的，我不是爲著憐憫那馬而難過，而是爲自己的弱小和無力而難過。

可是斯馬胡力他們爲什麼還不回來呢？我站在坡頂上往背面的道路望了又望。要是這時候斯馬胡力回來了，從今以後我一定會像卡西帕那樣對他，哎——什麼好吃的都留給他！

好在不管怎樣，天色徹底黑透之前，那匹馬最終給拖上來了。

那時男人們都回來了，札克拜媽媽和阿勒瑪罕也回到了家。大家齊聚在沼澤邊。斯馬胡力跳下齊腰深的泥水潭使勁推擠馬肚子，拚命扯拽馬鬃毛。阿依橫別克在對岸騎在自己的馬上拚命揮鞭策馬拖拽——馬肚上勒著繩子，另一頭套在泥漿裡的馬的脖子上和翻出泥漿的一條前腿上。其間粗粗的牛皮繩被拉斷了好幾次。

兩個男人的判斷是：從泥漿地這邊不可能拖出來的，泥巴太緊。他們便決定從水潭另一側拉，雖然之間的距離很遠，但相對阻力較小。就看馬能不能挨過這段漫長的距離了。

當時那馬一動也不動，死了一樣，側著臉，一隻眼睛整個地淹沒在泥漿中。就在我覺得毫無進展的時候，突然，綳緊的繩子一鬆，牠明顯地被扯著挪動了一下，斯馬胡力趕緊往後跳開躲閃，那馬猛地往前方陷落，整個身體全部扎進了泥水中。本能讓牠作出最後的掙扎，牠的後腿一脫離結實的泥漿就開始沒命地踢蹬，仰著脖子，努力想把頭伸出水面，但很快連頭連脖子整個沉沒下去。

我尖叫起來，面對那幅情景連連後退。

但大家大笑起來，說：「鬆了！鬆了！」阿依橫別克更加賣力地抽打自己的坐騎，牛皮繩綳得緊緊的。

當時我以為那馬肯定會溺死的，感覺過了好久好久，馬頭才重新浮現水面。之前牠已在泥漿裡淪陷了四、五個鐘頭，溫度又那麼低，估計渾身已經麻木無力了。兩個男人累得筋疲力盡，滿臉泥巴。但仍不放棄，一邊互相取笑著，一邊竭盡全力地進行拯救。

女人們什麼忙也幫不上，只能幫著打手電筒，站在岸邊觀望。

胡安西和沙吾列在岸邊的大石頭上跳來跳去，大叫著丟石頭砸馬，但馬已經沒有任何反應了。我不時地問札克拜媽媽：「牠會不會死？牠死了嗎？……」媽媽懶得理我，神情凝重冷淡。

最後馬被拖上高高的石岸時眞的跟死了一樣，要不是肚子還在起伏的話。那時牠已經站不起來了，無論阿依橫別克怎麼拉牠扯牠都沒用，跪都跪不穩，躺倒在路中間。

牠的肚子被石頭和繩索磨得血肉模糊，耳朵也在流血，背上傷痕累累，脖子上的鬃毛被斯馬胡力扯掉了好幾團——一定很痛！

我試想自己被扯著頭髮拖七、八公尺的情形……況且馬比我重多了。

我緊張又害怕，不停地問這個問那個：「能活嗎？快要死了嗎？」

將死未死的時刻永遠比已經沉入死亡的時刻更讓人揪心。將死未死的生命也比已然死亡的生命距離我們更遙遠，更難測。

值得安慰的是，哪怕在那樣的時刻，牠仍注意到臉龐邊扎著一、兩根纖細的草莖，牠努力側著臉去啃食。我連忙從別的地方扯了一小撮綠色植物放到牠嘴邊，兩個小孩子也學我的樣四處尋找青草餵牠。我聽說牧人是很忌諱這種拔草行爲的，但大家看了都沒說什麼。

第二天上午，陽光照進山谷時，馬虛弱地站了起來，渾身板結著泥塊，毛髮骯髒而零亂。而健康的馬是毛髮油亮光潔的。

我總算舒了一口氣。雖說「一切總會過去」，但「一切」尚遠未「過去」的時候，總感覺「一切」永遠不會「過去」似的。再回想起來，眞是只會瞎操心！

而卡西呢，一點也沒見她有過擔心的樣子，只見她盡可能地想辦法去營救那馬。後來趕到的斯馬胡力和阿依橫別克也是一邊打打鬧鬧、開著玩笑，一邊竭盡全力把牠拖上岸，從頭到尾都無所謂地笑著，好似遊戲一般的態度。

節制情感並不是麻木冷漠的事情。我知道他們才不是殘忍的人，他們的確沒我那麼著急、難過，但到頭來卻做得遠遠比我多。只有他們才眞正地付出了努力和善意。

「一切總會過去」——我僅僅只是能想通這個道理而已，卻不能堅守那樣的態度。唉，我眞是一個又微弱又奢求過多的人。只有卡西和斯馬胡力他們是強大又寬容的，他們一開始就知道悲傷徒勞無用，悲傷的人從來都不是積極主動的人。他們知道歎息無濟於事，知道「憐憫」更是可笑的事情——「憐憫」是居高臨下的懦弱行爲。他們可能還知道，對於所有將死的事物不能過於惋惜和悲傷。否則這片大地將無法沉靜，不得安寧。

每天一次的激烈相會

羊群遠離廣闊荒涼的南戈壁是多麼幸福的事情！渡過烏倫古河後，牠們將會在額爾齊斯河南岸溫暖的丘陵地帶停留整整一個月的時間。四月的季節，阿爾泰山南麓春牧場的青草剛剛冒出頭，羊在大地上深埋臉龐，仔細地啃食眼前的一抹淡淡綠意，緩緩移動。很久以後牠抬起頭，發現四面寂靜空曠……群山間，自己成了孤零零的一個。不知從什麼時候失群了。牠四處尋找夥伴，又爬上光禿禿的山巔，站在懸崖邊四面眺望。大地起伏動盪，茫茫無涯。後來時間到了，牠開始分娩。新出生的羊羔發現自己也是孤零零的一個。羊羔站在廣闊的東風中，一身的水汽吹乾後，陡然長大了許多。母親帶著孩子在群山間沒日沒夜地流浪，有羊群遠遠經過時，就停下來衝那邊長久張望、呼喚。不是自己的夥伴，仍然不是。

而前去找羊的牧人在途中遇到了沙塵暴。昏天暗地。他策馬在風沙中一步一步摸索行進，直到馬兒再也不願意前進了。滿天滿地都是風的轟鳴聲，世界搖搖欲墜。他下了馬牽著韁繩順著山腳艱難地頂風而行。後來實在走不動了，便側過臉靠在石壁上勉強撐住身子。一低頭，他看到腳邊深深的石縫裡有四隻明亮溫柔的眼睛。

告別寒冷空曠的冬牧場應該是快樂的事吧？做一隻春羔看上去也是那麼幸福。——能夠降生在溫暖又乾燥的春牧場，白天裡被太陽烤得渾身暖烘烘的，柔軟的小捲毛喜悅地膨鬆著，黑眼睛那麼的美，那麼的寧靜。夜裡則和小朋友們擠在一起，緊緊蜷著身子，沉入平安的睡眠中，深深地、濃黏地成長。不遠處的星空下，母親們靜默跪臥，頭朝東方，等待天亮。

卡西家養了一群花里胡哨的羊。趕羊的時候，遠遠看去跟趕著一群熊貓似的。

其實，大羊們都還很正常，都是純種的阿勒泰大尾羊，不是淺褐色，就是深棕色的。但是小羊們……就很奇怪了。

共兩百來隻羊，大羊約一百二十隻，小羊七十多隻。在小羊中，有二分之一是白色羊，四分之一是黑色羊，剩下的四分之一是棕褐色羊。其中白色羊裡有五分之一長著黑屁股；五分之一則半邊屁股黑半邊屁股白；剩下五分之一是奶牛；五分之一是熊貓；最後的五分之一裡黑脖子與黑額頭的大略對半。至於黑羊，約有一半戴了白帽子；剩下的一半中，又有一半是陰陽身子，前半截漆黑，後半截雪白（像嫁接的一樣）；其他的則全是小白臉。而花哨得最為離奇的則是那群棕褐色的羊羔：有褐身子白腿的；有渾身褐色四個小蹄子卻是黑色的（像穿了黑皮鞋）；另外還有三條腿是深色，一條腿是淺色的；有的渾身都沒什麼問題，就是脖子上繫了條雪白的餐巾——相當標準的倒三角形；還有的屁股上兩大團腳印形狀的深色斑塊，給誰踢了兩腳似的；還有的渾身純褐色毛，就後腿兩個小膝蓋上兩小撮耀眼的白毛；更多的花得毫無章法可言，好像被人拿排刷蘸了顏料左一筆右一筆胡亂塗抹而成似的。

當一隻安靜的淺棕色羊媽媽幸福地哺乳一隻黑白花的小羊羔時……一般來說，白羊生白羊，黑羊生黑羊，白羊和黑羊生黑白花羊。可是，棕色羊媽媽又是怎麼生下黑白花的寶寶呢？

估計是品種改良的結果，傳統地道的阿勒泰大尾羊越來越少了。

大羊和小羊一定要分開牧放的。剛搬到吉爾阿特，可可就在駐地所在的山坡東側用幾扇舊房架子圍搭了一個簡易的羊圈，蒙了些破氈片擋風。每天晚上只趕小羊入圈，大羊就會在羊圈外守著，一整夜一步也不離開。每天早上，得先把大羊趕走很遠很遠，一直遠到一時半刻回不了家為止，這才把小羊放出來往相反的方向驅趕。大約中午時分，母親們惦記著哺乳孩子，就會急急忙忙往家趕。而那時孩子也開始饞奶水了，不知不覺扭頭走向來時的路。這樣，母親們和孩子們會在駐地下方那片傾斜的巨大空地上匯合。

當母親們和孩子們匯合！——我第一次看到那種情形時，簡直給嚇壞了！目瞪口呆、雙手空空地站在荒野中，簡直無處藏身……發生什麼事了？駭得連連後退。群山震動，咩叫轟天！群羊奔跑的「踏踏」聲震得腳下的大地都忽閃忽閃。塵土從相對的兩座山頂彌漫開來，向低處滾滾奔騰。煙塵之中，每一個奔跑的身影都有準確的、毫不遲疑的目標，每一雙眼睛都筆直地看到了孩子或母親。不顧一切！整個山谷都爲之晃動，那驚狂的喜悅，如同已經離別了一百年……

才開始，我還以爲場面是失控了，以爲牠們預感到了某種即將爆發的天災，以爲牠們在被兇猛的大獸追趕……地震了嗎？狼來了嗎？嚇得我大喊「媽媽」，又大喊「卡西帕」。但沒人理我。兩隻羊群猛地撞合到一起後，母親急步走向孩子，孩子奔向屬於自己的乳房。遍野的呼喊聲慢慢沉澱下去，塵土仍漫天飛揚。

最後剩下了唯一一個水淋淋的小嗓門仍焦急地穿梭在煙塵沸騰的羊群中。牠的母親昨夜剛剛死去。

我遠遠站在沼澤邊的亂石堆裡看著這一幕激烈的相會，頭蓋骨快要被掀開一般。某種巨大的事物轟然通過身體。而身體微弱得像大風中的火苗。

這樣的相會，儘管每天都會有一次，但每一次都如同一生中唯一的一次一般。

要過不好不壞的生活

胡安西做了一張弓，聽卡西說是用來射野鴿子的。但我只看到他用來射老狗班班，而且走路的班班是射不中的，睡覺時倒能射中兩、三次。班班被射中了也不會疼，於是便不理他，翻個身接著睡。

還射野鴿子呢，怎麼看都沒希望，就兩股毛線擰彎一根柳條而已。「箭」則是一根芨芨草。我好說歹說才把弓借到手玩玩。瞄準班班後，一拉弦，啪！——箭沒射出去，弓給折斷了。我立刻沉著冷靜地把斷成兩截的弓分別繞上毛線，這樣，一張大弓立刻變成兩張小弓，發給了胡安西和沙吾列一人一把。於是皆大歡喜。兩人分兵兩路繼續夾攻班班，班班還是不理他們。

後來才想起來：這荒茫茫的大地戈壁，哪兒來的柳條呢？

卡西說，是阿依橫別克放羊路過爺爺家時，在河邊折的。

爺爺家在吉爾阿特有現成的泥土房子住，就沒有紮氈房了。房子修在離我們駐地五公里處的北面山間谷地裡，緊靠著額爾齊斯河南岸。

卡西說，爺爺家那邊樹多，不用拾牛糞，做飯全都燒柴禾。意思似乎是燒柴禾是很體面的事情。但是看她的言行，似乎對牛糞也沒什麼意見。

我說，那爲什麼我們不搬到那邊去？

卡西這啊那啊地努力解釋了半天，也沒能說明白。大概是與牛羊數量有關的什麼原因。

我們所在的春牧場是光禿禿的戈壁丘陵地帶，一棵樹也不長的，一小叢灌木都沒有，最最高大的植物是芨芨草。取火的燃料也只有乾牛糞。牛眞不容易，整天走很遠很遠的路，到處辛辛苦苦地找草吃，到頭來只是爲了幫我們收集燃料似的。牠們總是是那麼瘦，脊背和屁股都尖尖的。

雖然比起冬天來說寬裕從容多了，但春天仍是緊巴巴的季節。好在天氣強有力地持續溫暖著，青草在馬不停蹄地生長。因水草稀薄，牛奶產量比起冬天仍好不了多少，我們的茶水裡很久都沒添過牛奶了。日常生活中省去了一早一晚擠牛奶這項勞動，時光基本上還算悠閒。札克拜媽媽三天兩頭和阿勒瑪罕姐姐約著去額爾齊斯河南岸的親戚家串門子，家裡總是只剩我和卡西帶著兩個孩子看家。

就是在這樣的一天裡，大人都不在家，一隻黑色的羊羔死去了。

我問怎麼死的。卡西淡淡地說不知道。

是啊，誰會知道呢？一隻小羊羔在最後時刻都感知到了什麼樣的痛苦……之前我和卡西都不在，兩個孩子在羊羔棚裡發現了奄奄一息的牠。他們把牠抱到家門口，蹲在牠的面前，不停地撫摸牠，目睹了牠漸漸死去的全過程。可是，他們什麼也說不出來。等我倆發現時，羊羔已經完全斷氣了。兩個孩子仍然溫和地擺弄著牠，捧著牠微睜著眼睛的小腦袋，捏著牠的小蹄子輕輕地拉扯，衝牠喃喃低語。那情景，與其說把牠當成一件玩具在玩耍，不如說當做一個夥伴在安撫……又過了很久，他倆仍圍著小羊的屍體擺弄個不停，以爲牠很快會醒來。兩張弓被扔在遠處一叢乾枯的薊草旁，靜靜並排擱在大地上。纏在弓上的玫紅色毛線那麼鮮豔。

我很難過，此時乳房脹滿乳汁的羊媽媽肯定還不知道已經永遠失去了寶寶。從今天黃昏到今後的很長一段時間裡，牠將不停尋找牠。

但卡西沒那個閒心難過，她開始準備烤饢。麵早就揉好，已經醒了一個多小時了。

我掐指一算，舊饢還有七、八個，我們一家四口再吃三天才能吃得完。等把舊饢吃完了，此時烤出來的新饢也相當遺憾地變成了舊饢……眞是，爲什麼不緩一、兩天再烤呢。

剛烤出來的熱乎乎香噴噴的饢不吃，卻一定要吃舊的，眞是令人傷心。因爲這樣的話，生活中就一直只有舊饢可吃。

但再想一想，要是先吃新饢的話，當時是很享受啊。可舊饢又怎麼辦？吃完新饢，舊饢就變得更堅硬更難下嚥了，不吃的話又浪費糧食。這好比把好日子全透支了，剩下的全是不好的日子。但如果能忍住誘惑，就會始終過著不好不壞的日子。

那爲什麼不邊打新饢邊吃呢？因爲那樣的話，容易接不上茬[1]。對於動盪辛苦的游牧家庭來說，統統吃完後再臨時打饢，有可能會使平順的日常生活出現手忙腳亂的情景。若有來客的話會更狼狽，讓人笑話——連現成的饢都沒有，這日子怎能過成這樣？這家女主人也太不會經營打理了！

饢一次性就要烤夠三、四天的，如有招待客人的計畫或即將搬家上路，則會一口氣打得更多，避免一切可能會應付不過來的突發情況。

在城裡，街上賣的饢是用桶狀的大饢坑烘烤出來的。烤饢師傅全是男的，女的幹不了那活，天大的一團麵，只有男性的臂膀才揉得動。揉好麵後，扯下一小團麵團抖啊抖啊，抖出中間帶窩的圓形大餅，再黏上芝麻粒和碎洋蔥粒，然後俯身饢坑邊「啪！」地貼在饢坑壁上。整個饢坑貼滿麵團後，就蓋上大蓋子烘烤。饢坑底部全是紅紅的煤炭。因爲饢是豎起來烤的，等取出後，每

1 接不下去，無以爲繼。

一隻饢便都略呈水滴狀：一端薄一端厚。然後烤饢師傅輕鬆優美地給一個個饢表面抹上亮晶晶的清油，扔進攤子上小山似的饢堆裡，就有人源源不斷來買啦。

生活在鄉間的哈薩克農民也會在自家院子裡砌饢坑烤饢，但現在大多都使用烤箱了。烤箱一般鑲在爐灶後的火牆。等飯做好了，饢餅也熟了。因爲烤箱是方的，烤出的饢也是方的，像書，像一部部厚嘟嘟黃豔豔的大部頭。

在山野裡烤饢的話，條件就簡陋多了。儘管條件有限，不好挑剔，但我還是對卡西這個小姑娘烤的饢很有意見。

盛麵團用的破鋁盆之前一直扔在火坑邊用來裝牛糞，早知道它的眞正用途是這個，我每天都會把它擦得亮鋥鋥的。

自然了，這只用途廣泛的鋁盆看上去很髒。卡西爲了讓它乾淨一點，就反過來在石頭上「邦邦邦！」磕了三下，然後直接把剛揉好的新鮮麵團扔了進去……

我以爲她起碼會用水澆一澆，再拿刷子抹布之類的用力擦洗。最次也得拾根小棍，把盆底的泥塊刮一刮啊……

但我閉了嘴一聲不吭。如此這般烤出來的饢都吃了那麼長時間了，至少一次也沒毒死過。連肚子疼都從沒有過。

卡西先把牛糞堆點燃，燒一會兒後，把火堆四面扒開，將盛著麵團的鋁盆放進火堆中間燒燙的空地上，再把四周燒紅的牛糞聚攏環貼著鋁盆，最後在饢餅上蓋一塊皺皺巴巴的破鐵皮——那是家裡每天掃過地後用來鏟垃圾的簡易簸箕……這回她連磕都沒磕一下，蓋上去的一剎那，我看到細密的土渣子從鐵皮上自由地傾灑向潔白柔軟的麵餅。

她又把少許正在燃燒的牛糞放到鐵皮上，因爲方形的鐵皮實在太小，鋁盆又太大，只能勉強在盆沿上擱穩四個角，大大地露出四面的縫隙，因此牛糞渣子不時豁豁啦啦漏進盆裡……加之卡西又不時地用鐵鉤揭起鐵皮查看下面的情形，於是場面更加紛亂嚇人……

雖然頗爲驚恐，但站起身環顧四望時，看到的是連綿起伏的荒山野嶺，看到寂靜空曠的天空中，一行大雁浩浩蕩蕩向西飛。與別的鳥兒不同，雁群到來的情景簡直可以說是「波瀾壯闊」的，挾著無比巨大而感人的力量。春天眞的到來了。

放平視線，又看到我們孤獨寂靜的氈房，以及圍裹這氈房的陳舊褐氈和褪色的花帶子。再看四下，野地裡除了碎石、塵土、剛冒出頭的青草莖和去年的乾枯植被，再無一物。收回視線，看到卡西蹲在鋁盆邊，淺黃色舊外套在這樣的世界裡明亮得扎眼，僅僅比她面前的火焰黯淡一些。這是一個多麼小的小姑娘啊！……又看到死去的小羊靜靜橫躺在不遠處。胡安西兄弟倆已經對牠失去了興趣，兩人又拾回小弓，追逐好脾氣的班班歡樂地遊戲。最後低下頭，透過鋁盆和鐵皮之間的縫隙，看到麵團一角已經輕輕鍍上了一彎最最美妙的食物才會呈現的金黃色。

這樣的世界裡會有什麼樣的髒東西呢？至少沒有黑暗詭異的添加劑，沒有塑膠包裝紙，沒有漫長周折的運輸保存過程。麵粉、水和鹽均勻地——如相擁熟睡一般——揉合在一起，然後一起與火相遇，在高溫中芳香地綻放、成熟……這荒野裡會有什麼骯髒之物呢？不過全是泥土罷了，而無論什麼都會變成泥土的。牛糞也罷，死去的小羊也罷。火焰會撫平一切差異。沒有火焰的地方，會有更爲緩慢、耐心的一種燃燒——那就是生長和死亡的過程。這個過程也在一點點降解著生命的突兀尖銳之處。

總之第一個饢非常圓滿地成熟了，金黃的色澤分佈均勻，香氣撲鼻。卡西把它取出來時，像剛才磕盆那樣，在盆沿上也「邦邦邦！」敲了三下，於是饢餅上黏嵌的燒糊的黑色顆粒嘩啦啦統統掉了下來。然後再用抹布將其上上下下擦得油光發亮。最後拿進氈房，端端正正地靠著紅色的房架子立放。——多麼完美的食物啊，完美得像十五的月亮一樣！

濃烈而幸福的香氣彌漫滿室，進進出出都掙扎其中，扯心扯肺。

可是慢慢地，隨著饢的涼卻，那味兒也慢慢往回收斂、退守，最後被緊緊地鎖進了金黃色的外殼之中。只有掰開它，才能重新體會到那股香味兒了。

再等兩天的話，那香味又會隨著饢的漸漸發硬而藏得更深更遠。只有緩慢認眞的咀嚼才能觸碰到——或是回想起——一點點……那種香氣，就是那種當饢在剛剛出爐的輝煌時刻所噴薄的暴發戶似的喜難自勝的華美香氣……

唉，眞讓人傷心。幾乎從沒吃過新鮮饢，卻每天都得在新鮮饢的光芒照耀下耐心地啃食黯淡平凡的舊饢。每到那時，我都會催促斯馬胡力多吃點。趕緊吃完眼下的舊饢，就可以稍微領略一點點新饢完全成爲舊饢之前的幸福滋味。

還有，新饢因爲好吃，大家都會吃得多，連我也能一口氣吃掉一整個呢（直徑三十公分，厚六公分左右！）那樣的話，天天馬不停蹄地烤也不夠吃啊。

沙吾列漫無邊際的童年時光

兩歲半的沙吾列是個小身子小手小腳的小奶孩兒。但面相端正，神情莊嚴，神似成吉思汗。雖然和胡安西一樣也給剃成了小光頭，但卻沒留辮子，只有腦門上頂著一小撮頭髮，因此又像年畫中繫肚兜抱鯉魚的中國娃娃。

和哥哥胡安西一樣，他也很能自己玩。當大家忙起來，沒人顧到他時，他可以獨自度過許多時光，不哭也不鬧。並且擅於創新，發明了種種遊戲。

遊戲之一：騎馬。也就是騎門口的一塊大石頭。騎在上面，一隻手還拽著根破繩子拚命搖，極其緊張地快馬加鞭，嘴裡「咕咕嘟嘟」嚷個不停，儼然四面八方烽火連天。

有時也騎爸爸的大腿，有時騎胡安西的肚子。

遊戲之二：過河。我家氈房門口的空地上流淌著無數條沙吾列的假想河。小傢伙一路走來，絕沒有直線段，他站在各種各樣的大河對岸衝我們呼喊，逼真地做出畏懼狀。然而並不需要我們的營救，他勇敢地挽起褲腳，艱難地涉水而過，不時地搖搖晃晃，險象環生地呀呀大叫。

假如這時，你拿著糖說：「沙吾列，來吃！」——哪怕面對這樣的誘惑，他也絕不會輕易忘記自己所處的險惡形勢。他看一眼糖，說：「等一下！」然後拾塊小石頭扔進「河」裡，嘴裡還發出「撲通」聲，再踩著石頭跳過來。這才伸手拿糖。如果那時你不客氣地把小傢伙一把拎起扔過幾條「河」，扔到氈房裡的花氈上，他會極憤怒。一邊踢你這個沒意思的人，一邊傷心大哭。

之三：烤饢。烤饢的工具倒是現成的，不需要模擬，只是麵粉和鹽不容糟蹋。於是沙吾列家揉麵粉的錫盆裡除了麵粉以外，總是沾滿了牛糞渣和泥土。

沙吾列家是我們在吉爾阿特唯一的鄰居，卻和我們家挨得不算近。得翻過一座小山，穿過一片野地才能到達。兩家之間有一條新走出不久的纖細土路。沙吾列經常一個人沿著這條路孤獨地走過來。從看到他小小的身子出現在山頂，到終於邁進氈房，那段時間足夠你深深睡一覺再大夢一場了。兩歲的小孩腿短嘛，加之走路那麼認真，假想河又那麼多。

多少次，我感覺睡了很久很久，醒來後出門往西邊看，沙吾列還在荒野中小小地走著，耐心而執拗。

等我上前迎接的時候，他正在山腳下那條小溪邊徘徊。對我們來說，那只是一、兩步就可跨越的淺淺水流，但對小沙吾列來說，就是形勢相當嚴峻的大河了。這一切遠比假想河還要令人激動啊。他神色凝重，東張西望。終於，發現了自己想要的東西。只見他走過去蹲在那裡摳啊摳啊，摳出一塊微陷在大地裡的拳頭大小的石頭……是他所能搬動的最大尺度。他雙手抱著回到水邊「撲通」一下扔進水裡——這種事情雖然之前做過無數次，但都只是假想的練習。第一次實踐卻如此平靜沉著、毫無怯意，眞不錯！當然了，這麼大點的小人兒能搬動多少石頭呢，於是堆了十幾塊石頭後，才勉強有一塊冒出水面。小傢伙抬腿試著踩一下，又趕緊縮回。愼重觀察一番，毅然踩上了第二腳，石堆卻一下子給踩塌了，小腳丫紮紮實實地陷在了水裡。我連忙上前一把撈起他的小胳膊拽了過來。

回到家，家裡人都在，卻沒人注意到沙吾列可憐的小腳丫。後來我終於忍不住指給大家看，只有媽媽爲之歎了口氣，斯馬胡力和卡西帕哈哈大笑。笑完，各幹各的事，各說各的話。只好由我給小傢伙換鞋襪。天氣那麼冷。

沙吾列常常留在我們家吃飯，有時遇到好吃的東西，比如包子或朗麵（拌麵），他只吃一點點就堅決停下不吃了。問爲什麼，答曰：「爸爸媽媽沒有來。」——怕一下子吃完了。我們只好盛出一碗麵或取出兩個包子另外放著，等傍晚送沙吾列回家時一起捎過去。這樣，他才肯繼續吃。

因爲小傢伙曾有過在城裡的飯館裡吃包子的經歷，打那以後，家裡每次做包子，他都會鄭重地要求上醋。因爲城裡人吃包子就蘸那玩意兒。但荒山野嶺的，哪兒給他弄醋去？於是札克拜媽媽用黑茶化開一點點固體醬油盛給他。小孩子好容易打發的。

外婆家的飯不是白吃的。傍晚吃完飯開始趕羊回圈時，小傢伙也得派上用場。他負責手持長木棍站在羊羔圈圍欄的豁口處守著，一旦有小羊想從那裡突圍，躍進母羊群中，他就威嚴地發出「丘！丘！喝丘!!」的叱喝聲，揮動長棍，毫不含糊。沒有一隻小羊敢靠近。

小沙吾列雖然不丁點大，比起小羊來，好歹還是要大一些的。更何況還有根高他兩、三倍的長棍壯勢，長棍一端還繫了一只「呼呼啦啦」迎風直響的紅色塑膠袋，給他平添了多少威風！

因爲沙吾列喜歡模仿，我便想著法子逗他。

又一次在山腳下的水流邊遇到他時，我當著他的面跳過一塊小石頭。他也不甘落後地跳過了它。

我跳過一叢枯草，他也緊跟其後。

我撿塊小石頭扔進水裡，他撿了好幾塊扔。

我蹲在水邊，伸出巴掌「啪！」地擊打水面。他也「啪啪啪」打個不停。還抬起頭衝我嘟起嘴「吼吼吼」地嚷嚷，意思是：看！做得比你更好！

接下來，我一腳踩進了水裡！

這回他猶豫了一下，轉身就走。

我只好跳上岸，脫了濕鞋子拎在手上，光腳跟著他走回家。

沙吾列家的小板凳上有一根釘子鬆了，從凳面上頂了出來，掛住了沙吾列的開襠褲。他掙脫了半天才離開那把小板凳。然後指著釘子嚴厲地嚷嚷著什麼。

阿依橫別克說：「你自己能釘嗎？」

他立刻說：「能。」

阿依橫別克拾一塊石頭遞給他，他不屑地用鼻子哼了一聲。於是姐夫只好東翻西翻，找出一把眞正的榔頭給他。

他手持榔頭像模像樣地砸了起來，那釘子居然眞的被他平平展展地敲進了凳面。並且一次也沒砸著扶釘子的左手。

相處了整整一個月後，當我們和羊群離開吉爾阿特時，才搞清楚，沙吾列居然是個女孩！

大風之夜

離搬家的日子越來越近了，天氣突然熱了起來。媽媽說：「要給駱駝脫毛衣了！脫得只剩一件坎肩！」

果然，後來每個駱駝都脫得只剩坎肩了。我們只把駱駝屁股、大腿和脖子上的毛剪掉，就肚子和脊背上留了一整圈。不能全脫光，五月份就進山了，山裡還非常冷。

駱駝的毛極厚，一、兩寸呢，緊緊地糾結、交纏，理也理不順，撕都撕不開，結結實實地敷滿全身，就跟裹了一層氈子似的。牠們正是靠這身衣服過冬的。我一手揪著毛皮，一手持厚厚的生鐵彎刀沿著毛根小心地削割。天氣這麼熱，握在手裡的毛皮又潮又燙。

尤其是靠近皮膚的最裡層更是汗涔涔、黏乎乎的。當我的刀刃鋒利地切開結實的毛層，駱駝的黑色肌膚一寸一寸地暴露到空氣中，似乎還冒著熱乎乎的白色水汽。微風吹過，駱駝舒服得一動不動，脫了毛衣眞涼快！

看上去最厲害的似乎是斯馬胡力，站在那裡四下揮舞剪刀，「喀嚓喀嚓」不停，瀟灑又痛快。眼看整塊的片皮從駱駝大腿上揭開，不一會兒就全部脫掉了褲子，又很快解開圍脖，摘下帽子。

媽媽和卡西她們也幹得不錯。只有我這邊進行得一點兒也不順，每過一會兒大家就會聽到我大喊一聲：「對不起！」……一會又喊：「啊啊啊！實在對不起……」——活沒幹多少，就只見我在那兒不停給駱駝鞠躬。唉，技術實在太爛了，害得駱駝屁股上被割了好幾道血口子。

眞是丟人。我只好收了刀子跑到厲害的斯馬胡力那兒觀摩取經，可不看倒罷了，一看……相比之下，我那幾道小口子微小得簡直可忽略不計！斯馬胡力這傢伙，只圖自個兒大刀闊斧剪得痛快，弄得人家渾身到處劃滿了血淋淋的傷口，跟剛從戰場上下來一樣！

難怪呢……雖然我不停地大呼小叫，但我的駱駝好歹都安安靜靜呆著。斯馬胡力倒是安安靜靜利利索索地幹著活，他手下的駱駝卻一會兒跳起來驚叫一下，一會兒又仰著脖子悲憤嘶鳴。

駱駝凝血很差，一道細細小小的傷口也會血流不停，一串一串長長地往下淌。牠的血不是鮮紅的，而是帶點橘色的鐵銹紅。此外駱駝的皮膚極薄，跟紙一樣。牛皮可以做靴子，做外套，羊皮馬皮也能做許多結實的東西，但駱駝皮怕是什麼也做不了。怪不得會長那麼厚那麼濃密的駝毛來保護自己。這麼說來，駱駝這樣的龐然大物其實是非常脆弱的。怪不得有著那樣柔順、踏實的性情。雖說也會犯強，但駱駝的倔強和驢啊、牛啊是不一樣的——牠的倔強並非出於有所抵觸，而是出於茫然與疑惑。

卡西帕割毛，割著割著就忘了停下來，差點兒把人家最後的坎肩也給脫了。幸虧被媽媽及時喝止。但毛塊已經與身體剝離開來，只有上端還連在脊背上。於是這一大塊毛耷拉在光肚皮上，披了衣服似的。後來，每當這峰駱駝奔跑起時，肚皮上那塊毛皮一掀一掀的，像揮舞著翅膀。斯馬胡力刀下的駱駝全給剃了光頭，光禿禿地豎著兩隻耳朵。而卡西的一律給剪成小平頭。有一峰駱駝最倒楣，小平頭也罷了，腦門上還留了圈劉海。

另一邊，媽媽和阿勒瑪罕共同對付著一峰駱駝。她倆一邊辛苦地割剪，一邊同駱駝奮力抗爭。剪左邊的毛時那駱駝就拚命往左邊打轉，剪右邊的毛了，牠又一個勁兒地往右轉身。斯馬胡力很得意地說：「還是我們的駱駝好啊！」我附和稱是。我們這邊的駱駝的確老實，尤其斯馬胡力剪的那峰，都給禍害成那樣了……可剛說完，一直好好地跪在他面前的駱駝突然站了起來，拖著韁繩向西狂奔而去。

駱駝脫完毛衣後，我們就要出發了。這幾天除了忙著剪駝毛外，還要把羊群拾掇一遍。一看到走路有點瘸的羊，就逮起來檢查膝蓋和蹄子有沒有創傷。肛門發炎的羊，也能通過走路的姿勢看出來。斯馬胡力放倒一隻不太對勁的綿羊，掀起牠的大尾巴一看，果然，紅腫了一大片！還有蛆蟲在肉縫裡扭動，觸目驚心……怪不得我的外婆總是說牲口很可憐，因爲不會說話。病了，痛了，只有自己知道，永遠不能向人求救。孤獨，無依無靠……

這一天，我們開始給牛塗殺蟲劑。殺蟲劑的味道極其刺鼻，媽媽把高濃度的殺蟲劑倒一點點在盆裡，兌上大半盆水，用纏著布條的木棒蘸著往牛肚皮上塗抹。

我說：「蟲子都死了，那牛尾巴幹什麼用？」

卡西比了比牛尾巴的長度，說：「牛尾巴，這麼長；蟲子嘛，到處都有！」

可恨的是這些牛一點也不能明白我們的苦心，對我們的行爲相當反感。抹藥的時候，一圈一圈打著轉躲避，拽都拽不住。尤其是那隻黑白花的，卡西想盡了辦法都沒能逮到。所有人也幫著圍追堵截，總算有一次把牠逼到近前，被卡西一把扯住了牛尾巴。那牛拚命地掙扎，拖著扯住尾巴不放的卡西東奔西突，最後還是把卡西甩掉了，令她大大地摔了一跤。卡西大怒，跳起來繼續追，不依不饒。媽媽衝她大喊：「算啦！算啦……」她理也不理。

這時，突然聽到遠處傳來呼喊聲。我們抬頭一看，是阿依橫別克姐夫，正站在南面石頭山的最頂端。仔細一聽，他喊的是：「大風！大風!!」

我們回頭一看，果然，不知何時，西邊落日處有黑壓壓的雲層滾壓了過來。大家顧不上逮最後的那頭倔牛了，三下五下收拾起地上的雜物，飛快往氈房跑去。

斯馬胡力和卡西分頭去趕羊入圈、繫駱駝。媽媽走向堆放在野地裡的零碎家什，掀開蓋在上面的氈片，緊張地翻找，最後取出兩卷兩指粗的羊毛繩。我看著她將羊毛繩中間部分緊緊繫在氈房背風處的牆根兒上，然後拉開兩股繩子向上兜住圓形屋頂各繞了半圈，一左一右地在租房迎風面匯合。再把它們擰成一股，吩咐我替她拽緊。騰出手後，她找來了一條麻袋和一把鐵鍬。跑下山坡的阿依橫別克也趕來幫忙，他把麻袋放在垂在地上的繩端上，媽媽撐開麻袋口，阿依橫別克用鐵鍬鏟起附近的泥石往麻袋裡裝。我一下子明白了，裝滿泥石的麻袋將作爲一個有力的固定點，沉甸甸地壓住繩子不放。這樣氈房也就被繫得緊緊的，不至於在大風中被吹翻。其實原先已經有這樣一股繩子作固定了，再加一股是雙保險。

看到大家緊張嚴肅的樣子，我隱約明白了「大風」意味著什麼，肯定是沙塵暴！怪不得這幾天突然這麼熱，陽光暴曬。

時間緊迫，風勢越來越猛烈。雖然此時的風還是透明的，可天地間異樣的呼嘯聲相當駭人，倒數計時一般越來越尖亢。大家四處奔忙，顧不上理我了。我也不知幹什麼好，只好盡可能地將門口的零碎物什統統挪進房子。挪不動的就用碎氈片或編織袋蓋住，再壓上石頭，以防被風刮跑。連火坑邊的牛糞堆也想法子給蓋住、壓上石頭了。大鐵盆沒地方放，就反扣在地上，也壓了幾塊石頭。

雲層低低地壓在山間，呈水滴狀緊密排列著，一大滴一大滴地懸在頭頂上方，詭異、整齊、迷人，盈盈欲滴。黑壓壓快要下雨了的情形。果然，很快雨水就稀稀拉拉大滴大滴撒了起來。但沒撒幾分鐘就停了，風太大，吹散了雨雲的形狀。天色也迅速黑了下來。

我早就準備好了晚餐，直到大家都忙乎得差不多了，才開始擺桌子，鋪餐布，切饢塊。催促他們吃飯。媽媽和斯馬胡力又累又餓，洗了手就坐了過來，我趕緊排開碗倒茶。但這時斯馬胡力突然隔著氈壁衝正在外面繫馬的卡西大喊道：「先別卸馬鞍，還少一峰駱駝！」我嚇壞了，連忙追到門口。卡西已經重新上馬，調頭進入了黑乎乎的大風中。此時西邊的黑雲已完全籠罩了天空，四面飛沙走石，碎石子拍擊在眼鏡鏡片上「啪啪」作響。站在這樣的風裡，感覺快要穩不住身形。連馬都不願意前進，卡西狠狠踢了好幾下馬肚子，拚命甩動韁繩，馬才動了起來，向山下跑去。我還呆呆地站在門口看著，直到媽媽催促道：「土大！快放下氈簾，吃飯！」

大約二十分鐘後，班班大叫起來，我趕緊跳下花氈，掀開氈簾跑出去看。風沙中，隱約看到有人騎著馬靠近駐地，看了半天，卻不是卡西。正失望著呢，那個騎馬人在風聲中大喊著向我問候。媽媽也出來了，走上前大聲和他交談了幾句，大約是一個問路的人。天已經完全黑透了，無星無月，東方極遠的天邊卻一團明亮。大風似乎不是在從西往東颳，而是從上往下颳，氈房顫動不已。回到氈房裡，我忐忑不安地喝著茶，難以下嚥，耳朵側向門外，捕捉著風聲之外最最輕微的一絲動靜。斯馬胡力看我這個樣子，安慰道：「沒事，卡西很厲害的！她經常這樣的。」我恨恨想：那你自己爲什麼不去找？舒舒服服地坐在這裡。我覺得你更厲害嘛！

這麼大的風，天窗上蒙的氈頂不時被掀起，再沉重地墜下，「啪！」地砸在房頂上。然後再一次被掀開，再一次墜落……「啪、啪！」響個不停。儘管滿世界都是煩躁的呼嘯聲，但還是能夠隱隱聽到不遠處溪水那邊的青蛙們仍像平時一樣不慌不忙地呱叫。還是水裡好，永遠都沒有風……我深深擔心著卡西，卻又想立刻鋪開被子睡去。世界上最安全的地方可能只在夢境之中，只有熟睡著的身體最安靜舒適……大家都還在等待。飯吃完了，我收拾完餐桌，大家還坐在原來的位置，一動不動。

覺得過了好久好久，房頂傳來沙沙沙的聲音。不像剛才石子砸氈蓋的聲音了。媽媽大舒一口氣似的說：「下雨了！」我也知道，下雨就意味著風的停止。這時，斯馬胡力突然說：「卡西回來了。駱駝也回來了。」我跑出去一看，果然，卡西正在不遠處的半坡上繫駱駝。風的尾勢仍然悠長有力。

我連忙重新鋪開餐布，給可憐的卡西準備食物。同時也給大家擺開碗，讓大家繼續喝茶。

我高高興興地說：「現在可以睡覺了吧？」

大家都笑了起來。只喝過一碗茶，就紛紛起身出去。原來，還得檢查大風有沒有吹壞羊羔的棚圈。還要給棚圈蓋上塑膠布，防止羊羔們淋了雨著涼。但這雨下得並不大，沒一會兒，風勢漸漸又緩過勁兒似地重新猛烈起來。

我開始鋪床，大家只好先睡覺。在滿天滿地的風的呼嘯聲中，我不顧一切的向睡眠深處沉去。

大約凌晨兩、三點，媽媽起身開燈，卡西和斯馬胡力也隨之起來，大家出去了很久，估計又在檢查小羊和小牛的圈棚……那時只覺得天地間異常安靜，沒有風，也沒有雨。像是一切都被封凍在了冰塊之中。

第二天我們出門時，札克拜媽媽不停大笑。看到被我倒扣過來壓著石頭的鐵盆也笑，看到蒙著編織袋壓著石頭的牛糞堆也笑。還把卡西帕和斯馬胡力喊出來一起笑。也不知道有啥好笑的。

清晨風又大了起來，只是沒有昨夜那麼瘋狂了。氣溫陡降，我翻出羽絨衣穿上，還是冷得不得了。開始過寒流了，氣溫驟然降到零下十幾度。溪流凍得結結實實，青蛙們不知去了那裡。哎，躲過了風，卻躲不過寒冷啊。

最可憐的是駱駝，剛脫完毛衣……當駱駝們頂著刺骨的寒流走在搬家的路上，若是知道了自己身上馱著的那些大包小包沉重無比的東西就是自己的衣服，肯定氣死了。

於是媽媽只好又尋了些破氈片（也是駝毛擀的）花了半天時間給駱駝縫新衣服，勉強蓋住了牠們的膀子。

後來才知道，我們所在的位置只是這場沙塵暴的邊緣地帶，也就是說只是被邊梢掃過而已。加之又在丘陵地區，還不算怎麼強烈。我的媽媽在烏倫古河南面曠野裡種的那幾百畝向日葵地才屬重災區。後來聽我媽說，當時眞是太可怕了，沙塵暴才來的時候，遠遠望去像是一堵黃褐色的牆從天邊推過來似的，沙浪滾滾，橫貫南北，漸漸推近。她和外婆都給駭壞了，以爲這下完了，剛出新芽的土地肯定會被洗劫一空，搞不好得重新播種。幸虧家裡沒有搭帳篷，只是在大地上挖了一個坑，上面蓋一個頂，全家人就住在地底下。風從頭頂過去，大地之下倒滿安全的。而那時節葵花苗也剛扎出來沒幾公分，事後也幾乎沒啥損失。

我們這邊就更沒啥損失了，牛羊安安靜靜，氈房穩穩當當。唯一的損失來自卡西。她前兩天去東面山間放羊的時候，把我送給她的一個小本子弄掉了，上面抄了許多她正在學習的漢語單詞的注音和意義。當時她倒一點兒也不擔心，反正這片荒野從來都不會有人來，牛羊也不會去吃，狼也肯定不要。丟是不會丟的。在荒野裡尋找失物，只是時間上的問題。

我說：「那麼大的地方怎麼找啊？」

她當時極有信心，說：「可以找到的。只要不颳風。」

結果，風馬上就來了。她哭喪著臉說：「肯定飛到縣城裡了，肯定被城裡的人撿走了……」

我只好安慰她說：「肯定是城裡的阿娜爾罕撿到了，她一看是卡西的，就趕緊給你送過來……」

那麼這次風災中我都做了些什麼？我花了許多工夫，在大風裡追逐被吹跑的東西，並一一撿回氈房中妥善放置。包括半截掃帚，一塊破鐵皮，一截煙囪和一條破麻袋……也非常辛苦。覺得自己還算是細心，還算有眼色吧。結果等媽媽和斯馬胡力他們加固完房子回來一看，花氈邊的空地堆得滿滿的，便皺著眉頭又一一扔了出去。

我連忙說：「外面有風！」

他們說；「有風怎麼了？」

「要被風颳跑！」

他們一邊扔一邊說：「颳跑了再撿回來嘛。」

我一想，有道理……

對了，還有一件關於抹殺蟲劑的事。後來的事實證明我們多此一舉了。抹過藥的牛自然沒有生寄生蟲，但那頭沒抹過藥的黑白花牛同樣也沒有生。牠真聰明。

對阿娜爾罕的期待

剛剛搬到吉爾阿特時，卡西帕就不停地說：「阿娜爾罕要來了！馬上要來了！」

阿娜爾罕十八歲，是卡西的小姐姐，札克拜媽媽的第五個孩子，從去年冬天開始在縣城打工。

比起冬夏牧場，以及遷移途中的其他駐地，吉爾阿特是離縣城最近的。雖然還要走兩個多小時的山路才能走到公路邊搭進城的班車。

卡西帕總是念叨著：「阿娜爾罕要給我買新鞋子來了！」

她腳上的這雙球鞋是斯馬胡力從阿克哈拉帶來的。才穿了不到兩個禮拜，鞋底就整個掉下來了。她恨恨地說：「假的！斯馬胡力只買便宜的！」

斯馬胡力說：「哪裡便宜了？明明是你的腳不好，馬蹄子一樣。還穿什麼鞋子，我給你釘鐵掌吧。」

我問：「馬幾個月換一副掌子？」

斯馬胡力說：「石頭路的話一、兩個月就換吧？」

我又問：「那卡西幾個月換一雙鞋啊？」

他大笑：「卡西一個月四雙鞋！」

要是那些穿破的鞋，只破了一點點倒也罷了。可卡西的鞋一破則定然破到萬不可救藥，比如底子斷成兩、三截，鞋尖戳破五、六個洞，我想幫她補一下都沒處插針。這個十五歲的女孩子，眞跟一匹小野馬似的。

她每天都要面對腳上的鞋子歎氣兩到三回：「阿娜爾罕還不來！」

我出了個主意，幫她用鞋帶把分家的鞋底和鞋面直接綁在腳上。她站起來走幾圈，又蹦跳幾下，很高興地準備出門放羊。但這個辦法能管多久呢？而且還那麼難看。

我說：「來客人了怎麼辦？」

我在附近野地裡轉了幾圈，把她以前扔棄的破鞋統統拾了回來。她審視了一番，果然找到兩隻狀況比腳上強一些的。但準備穿時才發現兩隻全是左腳的。

她快要哭了：「阿娜爾罕怎麼還不來啊！」

除了鞋子，阿娜爾罕此行的任務還有髮卡、辣椒醬、清油[1]、蘇打粉和媽媽的長筒襪。

因此媽媽有時候也會嘟嚕兩句：「阿娜爾罕再不來，我們就搬家了啊。」

那麼阿娜爾罕怎麼來呢？走著來？搭摩托車來？卡西帕每天下午喝茶時，都端著茶碗坐在門口喝，邊喝邊注視著北面山谷口。一有風吹草動就立刻放下碗站起來，朝那邊長久地凝望。

每天晚飯時，一家人聚在一起，她總會不厭其煩地念叨一遍阿娜爾罕會捎來的東西。說到最後，往往會加一句：「可能還會給我買雙襪子呢！」她把腳抬起來給我們看：「這一雙就是阿娜爾罕給我買的。」媽媽說：「豁切！（去！走開！滾開的意思）」她的腳丫都湊到飯桌上了。

有時候突然想起來似的說：「上次阿娜爾罕回家都帶了蘋果，這次肯定也有！」

再想一想，又說：「沒有蘋果的話，瓜子也可以。阿娜爾罕也喜歡嗑瓜子。」

過了很久後才終於下了最後決定：「還是蘋果吧。蘋果更好一點。」

日子一天一天過去了，阿娜爾罕的購物清單在卡西的想像中越列越長，越來越令她期待。但人還是沒有一點音信。卡西大約還在幻想，阿娜爾罕之所以遲遲不來，肯定還在爲買更多的東西而奔忙。可憐的阿娜爾罕，要是令卡西失望了的話，她肯定永遠也搞不清其中的道理。

---

1 加熱後再沒用過的油。

「阿娜爾罕」像是維吾爾姑娘的名字。

卡西對我說：「阿娜爾罕很漂亮！」

我就想像著：「怎麼個漂亮法呢？」

她說：「阿娜爾罕會好多漢話，因爲她在回族人的餐廳打工！」

我想，要是阿娜爾罕來了的話，我們一定能愉快地交談，澄清許多被卡西帕這傢伙翻譯得面目全非的問題。

她說：「阿娜爾罕高高的，白白的，爲什麼我這麼黑？」說完很憂傷的樣子。

我無從安慰，就說：「讓阿娜爾罕也來和我們一起放羊吧，幾天就變得和我們一樣黑了。」

她大笑：「那我要去打工！天天在房子裡幹活，幾天就變得和阿娜爾罕一樣白了。」

她又說：「阿娜爾罕頭髮很長很長，脖子上戴著漂亮的石頭項鏈……」

……連我都開始期待阿娜爾罕的到來了。

阿娜爾罕來了的話，我們就有辣椒醬了。我會把晚飯準備得更可口，讓大家吃得更快樂。

搬家的日子一天一天臨近，卡西帕的希望一天比一天巨大。

我們去趕羊，爬上附近最高的那座石頭山。她凝神遙望，方圓十幾公里都沒有一點動靜，荒野空空蕩蕩，風聲轟鳴耳邊。我們交談時要大聲地喊才能讓身邊的人聽清。

山頂上有一座過去的牧羊人壘砌的石柱，卡西把它叫做「塔斯阿達姆」——石頭人。壘得很高，在山頂突兀聳立，經過這片荒野的人們老遠都能一眼望到。

聽說在很久以前，這樣的石柱是牧人的地標，總是出現在荒野中視野最高處，數量從一座到三、四座不等。又聽說其數量是有特定含意的。比如立幾座就意味著附近有水源，幾座又意味著前面有游牧村落的駐地啊，再有幾座就說明前方危險，有野獸出沒……

但到了現在，這塊大地已經被人們摸熟走遍，踩出了無數條道路，很少有人會在荒野中迷路了。再也沒有人需要靠這些石頭人的指引走進或走出這片大地。

卡西說：「我們也來做石頭人。」

於是我們在山頂選擇了一處開闊的空地開始動手。我們先將附近合適的石塊集中到那裡，壘了一個又大又平的台基，然後像金字塔一樣一層一層摞了起來。

摞到一公尺多高時，斯馬胡力騎馬出現在眼前。

他斥責道：「羊都跑過兩座山了，你們還在這裡玩石頭！」

說完，他下了馬，和我們一起玩了起來。有了這個傢伙的贊助，我們的石頭人一下子蹭、蹭、蹭迅速長高，最後比斯馬胡力還高。我們成功地令吉爾阿特最高的石頭人誕生了。

回到家，一扭頭，看到它孤獨地站在高山頂上，疲憊得像是很想在山頂上坐下去。又像突然出現在那裡的行路人。我們令吉爾阿特從此後的日日夜夜裡又多了一個人的凝視。

我總覺得這個石頭人一定是卡西搭給阿娜爾罕看的。吉爾阿特也是阿娜爾罕小時生活過的地方啊。等阿娜爾罕來了，四下遙望一圈，一定會說：「咦，怎麼多了一個石頭人？」

臨出發的頭兩天，媽媽就開始做準備了。原先被子都是疊成一公尺五寬，高高地摞成一垛靠在房間進門的右手，又整齊又好看。現在卻往窄裡疊，縮成不到一公尺寬。空間頓時騰開許多。一些平日裡不用的家什全打成包裹，整齊地碼在門前空地上，蓋了舊氈片擋雨。斯馬胡力把所有馬鞍、騎具修理檢查了一遍。

大家最後一次清理羊群，反覆檢查近期那些腿腳受傷及腹瀉的羊。對於弱畜來說，長途跋涉就是生死考驗。

在整理衣物的時候，札克拜媽媽從一個從來沒見打開過的大包裡掏出了許多半成品的小塊花氈和一隻繡了一小半的繡花口袋。上面的花紋還只是大致輪廓，略略規劃了一下顏色的搭配方案而已，但已經足夠繽紛美好了。她把它們一一攤在門口的空地上，好像定居者將壓了十年箱底的舊東西翻出來曬太陽。這些還一針一針地遠遠走在路上、遠未抵達目的地的繡品們，耐心地、輪廓模糊地美麗著。它們像人一樣，也是漸漸地長大的。像人一樣，生命中更多的時間是用來等待的。

在每一件繡品上還仔細地繡上了製作的年月或製作者的名字。不只這個，在我家氈房裡，無論彩繪的木櫃，還是嵌銀片的馬鞭，甚至錫鑄的奶勺裡，都會在角落處留下製作的時間和一些古老的名字。於是這些結實而漂亮的物什永遠也不會因爲被用舊了而黯然失色，作爲從大家的童年時代就陪伴至今的事物，它們只會變得越來越貴重、親切。而在城市裡，那麼多的一次性用品和流行事物不斷地經過人們的生活，匆匆流失。使那些生活到頭來一片空白，什麼也沒能留下。

媽媽翻出一塊綠色底子桃紅色花朵的氈片說：「這是阿娜爾罕做的！」

她把這塊氈片擺在其他氈片中比來比去，最後決定把它縫在未來的花氈的正中央。

明天就要搬家了，阿娜爾罕怎麼還沒來啊？

傳說中美麗的阿娜爾罕，已經進入了城市生活的阿娜爾罕，終日在別人的世界裡忙碌辛苦的阿娜爾罕，是否還能記起自己坐在春秋定居點的家中大通鋪上，用針線精心地描繪一小塊綠色氈片的情景？——在做那件事的時候，肯定不只是爲了打發冬天的漫長光陰，暗中一定還有一些完整而熱情的想法吧？她還會從城裡回來嗎？

最終，卡西帕還是沒能等到阿娜爾罕的到來。時間到了，我們必須得啓程了。

而在阿娜爾罕那邊，肯定也有著同樣的焦急和失望吧？——她也想回家，她早就收到了媽媽托人捎給自己的口信了，她已經買齊了所有的東西，還額外給妹妹買了襪子和蘋果。但總有這樣那樣的原因，總是無法動身……她掐算著時間，離搬家的日子越來越近了，每過去一天，她的焦慮就增加幾分，終日輾轉不安……終於，我們在失望中拆去氈房，駝隊在石頭人的注視下緩緩遠離了吉爾阿特……

——說不定那時阿娜爾罕就來了呢，但那時我們的家只剩下了拆去氈房後的圓形痕跡。她站在空地上四下遙望，一面悲傷，一面奇怪地想：「怎麼多了一個石頭人？」

涉江

搬家的頭幾天就開始收拾了，札克拜媽媽將不常用的家什統統打成包垛在空曠的坡頂上，氈房空了許多。搬家的頭一天中午就拆去了氈房。媽媽和我將所有家什器具規整一處，斯馬胡力和卡西帕四處尋找放養在外的馬兒。傍晚時分，我和媽媽走遍了小山四周，把這段時間產生的所有垃圾清理了一遍，簇作一堆燒掉。玻璃瓶之類燒不掉的東西就挖坑深埋了，總之大地之上不能留有任何阻礙青草生長的異物。

我很樂意做燒垃圾的事，因為可以烤火。沙塵暴過後，緊接著就是寒流天氣，大風又猛又冷。這是冬天結束後的最後一場寒流，這樣的天氣至少得維持三到五天。我穿著羽絨服還裹著大衣，一圈又一圈地纏著圍巾，埋怨地說：「頭兩天天氣好的時候為什麼不搬呢？」沒人理我。

垃圾裡大多是破衣服和破鞋子，纏有許多塑膠包裝物，還有兩個塑膠盆，火勢很猛，三、四步之外就熱浪滾滾，不能靠近。我在荒野裡走來走去，每拾到能燃燒的東西——乾草束、馬糞團之類——就趕緊走向火堆扔進去。並不時冒著高溫湊近火堆，用小棍扒拉一下，使之燃燒得更充分。做這些時，臉烤得通紅，頭髮都快燙焦了似的。但稍離開幾步，又被濃重的寒氣襲裹了全身。太陽早已下山，曠野裡的僅存的明亮在這團火光的照耀下如墜入大海深處一般遙遠，這堆火焰像是從深厚的大地中直接噴薄而出似的，那麼有力，那麼熱情。過了很久很久以後才熄滅，餘燼仍耀眼地閃爍在厚重的夜色中。那一處像是寶藏的大門開啓了一道門縫。

沒有氈房了，當天晚上我們只好擠在阿勒瑪罕家的石頭房子裡睡覺。大大小小八個人擠一張兩公尺半寬的木榻，眞夠受的。

大家一直忙到夜裡十一點才紛紛鑽進被窩熄燈睡覺。我一想到只能睡兩、三個小時，就很緊張，巴不得閉上眼睛就睡著。但胡安西和沙吾列兩個小傢伙興奮得不得了，覺得家裡從來沒有這麼熱鬧過，又叫又跳，好久以後才安靜下來。

實際上札克拜媽媽他們只睡了一個多小時，凌晨一點大家就起來裝駱駝。我幫不上什麼忙，便多睡了兩個小時。凌晨三點，被阿勒瑪罕推醒，我摸黑從沙吾列身邊爬起，裡三層外三層套上全部的衣服，胖到胳膊都放不下來爲止。但還是覺得冷得要命。拎一拎暖瓶，昨晚剩下的茶還有一點點，便給自己沖了滿滿一大碗喝了。茶水溫吞吞的，喝完還是沒能暖和起來。

出去一看，大風呼嘯，無星無月。東面黑乎乎的山那邊有點亮光，那是斯馬胡力他們所在的地方。便低著頭頂著大風，深一腳淺一腳慢慢摸去。走到山梁最高處時，風大得像是好幾雙手當胸推來似的，幾乎快要站立不穩了。眼睛被吹得生痛，直流淚水。

下了山慢慢走到近處，看到家裡的太陽能燈泡掛在一把鐵鍬上，搖搖晃晃，而鐵鍬插在大地上，筆直不動。燈光籠罩著十幾步方圓的一團顫動不已的小小世界，那個世界裡只有媽媽他們三個，只有跪臥著等待出發的駱駝和滿地的大包小包。這個世界之外全是無邊無際的黑暗。

誰也沒有驚異我的出現。大家頂著大風神情嚴峻地幹活，把一捆又一捆巨大沉重的包裹箱籠架在駝峰兩側橫綁的欓杆束或合起來的房架子上，估計兩邊重量均衡了，再拉緊繩子，打結。打結時卡西和斯馬胡力隔著駱駝面對面拚命地拉扯繩頭，爲了能使上勁兒，兩人都用腳緊緊蹬著駱駝圓滾滾的肚皮。那駱駝沉默著，跪在中間一動不動，似乎明白這一切意味著什麼。

四點半，東方濛濛發白，四峰駱駝全部捆綁妥當。斯馬胡力使勁踹著牠們的屁股，強迫牠們站起來。我們的家，全都收攏在這四峰駱駝背上了。駱駝一個連著一個，站在微明的天光裡，冷冷清清。

我蒙著大頭巾四處走動，檢查有沒有被遺漏的東西。這時阿依橫別克不知從哪裡冒出來，他牽著我的馬，那馬兒也不知何時已裝上了馬鞍和籠頭。他扶我上了馬（穿得太厚，腿都打不了彎了……）。出發了。

我握著韁繩坐在馬上回頭看，我們生活過的地方空空如也，只剩一塊整整齊齊乾乾淨淨的圓形空地。我們一家人曾在那個圓圈裡吃飯睡覺的情形幻覺一般浮現了一下。

啓程時天色也明朗多了，但離太陽升起還有一段漫長時光。才開始，駝隊進行得很慢很慢，羊群更慢。好狗班班和懷特班前前後後地跑著，只有牠倆是喜悅的，雖然一直餓著肚子。

在北面山谷口開闊的空地上，駝隊和羊群分開了。卡西一個人趕著羊群從東面繞了過去，東面有吊橋。而我、札克拜媽媽和斯馬胡力領著駝隊繼續往北走。駝隊負重，得儘量讓牠們抄近道，因此往下得直接涉水趟過額爾齊斯河。

我看著卡西孤獨的金黃色棉衣越走越微弱，卻永遠不會消失似的，那麼倔強。很久以後再扭頭張望，那一點金黃色仍然不滅，在荒茫遙遠的山體間緩緩遠去。

我們默默前行，天色越來越亮，風勢漸漸小了。兩個多小時後就完全走出了吉爾阿特牧場的丘陵地帶。又穿過一、兩個有許多白房子的村莊後，抵達了額爾齊斯河南岸。駝隊沿著冰雪鋪積的河岸向東走了半個小時後停下來，那一處水面最寬闊，水流較爲平緩。斯馬胡力找了一處地方下了水，策馬奔向河中心，一路上馬蹄踩破浮冰，濺起老高的水花。但他還沒到河中心就折轉了回來，大聲喊著：「可以！這裡就可以了！」招呼我們也下水。

這條最終匯入北冰洋的藍色大河從東至西橫亙眼前，寒氣逼人。看似平滑的一川碧玉，可我們都深知它挾天裹地的力量。上下游巨大的落差造成湍急的流速，水流衝擊力很大。

媽媽把駱駝之間連接的韁繩又整理了一遍，扣結打得既不能太鬆也不能太緊。太鬆了一扯就脫開，會造成駱駝的失散。太緊的話，一峰駱駝被水沖走，其他的一時掙脫不得，會被統統拖走。

然後她牽著這串駱駝緩緩下水，跟在斯馬胡力後面向對岸泅去。

斯馬胡力在河水的轟鳴聲中扭頭衝我大喊：「李娟，你自己一個人敢過來嗎？」我趕緊連說了好幾個「不」。他又大喊：「那等著吧！」頭也不回地去了。

我勒住馬，停在河邊冰層上，眼巴巴看著駝隊分開激流，左搖右晃地去向對岸。這邊的世界只剩我一人了。天完全亮了。

不，和我在一起留在岸這邊的還有懷特班。媽媽他們下水的時候，老狗班班毫不猶豫也跳下冰層，跟在駝隊後面緩慢游動，在浪花中只冒出一個頭來。而懷特班年齡小，從沒經歷過這種場面。

牠嚇壞了，悲慘地嗚嗚著，幾次跳下激流，又嚇得趕緊躍上岸，一個勁地衝水裡的巴特班吠呼。

但牠回過頭來，看到我還停留在岸這邊，便趕緊靠攏過來，繞著我嗚咽。似乎我成了牠唯一的安慰，唯一的保護人似的。後來就不叫了，臥在我旁邊，緊緊守著我。我掏了掏口袋，什麼也沒有，眞想最後再給牠一點吃的啊。馬上就要永遠分別了，可牠什麼也不能知道，還以爲雖然離開了大家，好歹守住了我。

媽媽他們很久以後才靠岸，陸續上岸後，巴特班卻還在河中央艱難地向前游動，努力穩住身形不讓水沖走。但我看到牠明顯地偏移了方向，向著下游而去，眼看著離媽媽他們越來越遠了……我想牠可能力氣用盡，漸漸被河水沖走了。心提到了嗓子眼，忍不住大喊起來：「班班！班班！」也不知道這樣喊有什麼意義，能幫上什麼忙。好像牠聽到了也會清醒過來，繼續向前似的。

札克拜媽媽順著河岸向下游跑，似乎也在大聲呼喊著班班。但水聲轟鳴，什麼也聽不到。終於，我看到牠游到了河岸邊的淺水處，水流在那裡迴旋，水速減緩。於是班班一下子加快了速度，三下兩下躥上了河岸，激動地向媽媽奔去。然而到了近前又被媽媽喝止。媽媽不喜歡牠的親熱舉動。

這時斯馬胡力騎著馬下水返回，向我而來。

我輕輕對懷特班說：「你看巴特班多厲害！你比牠年輕多了，腿又長，骨架子又大，一定也能行的！」

懷特班眼睛明亮地看著我，因爲對我所說的語言一無所知而顯得分外純潔無辜。

很久後斯馬胡力靠攏了，他接過我的韁繩，試著領我往前走。馬兒踩著水邊的薄冰小心翼翼地下了水，淺水的晃動令人突然產生眩暈感。我嚇壞了，不知怎麼的一下子把兩隻腳全縮了起來，抬到馬背上夾住了馬脖子。斯馬胡力大笑起來，安慰我不要怕，但我怎麼可能不怕！水淺的地方都這麼嚇人，待會兒到了水深的激流處，肯定會坐不穩掉下去的。我死活不肯往前再走一步了。斯馬胡力只好牽著我回到岸上，他上了我的馬，騎在我馬鞍後面，一手挽著我的韁繩，一手牽著自己的空馬，抱著我似的繼續前進。這下安心多了。

只是還在擔心懷特班。回頭看時，牠絕望地在岸邊來回走動，幾次伸出爪子試探著想下水，都縮了回去。沒有希望了，我感覺到牠沒有希望了。直到我們真的走遠了，我又大喊了一聲牠的名字。

牠這才猛地沖進水裡，拚命向我們游來，我努力地扭頭往後看，可惜這次同樣沒游多遠，這隻笨狗又一次打了退堂鼓，連滾帶爬回到岸上。虧牠平時那麼兇狠的樣子，肯定全部的膽量都來咬班班了。

也可能並不是牠膽小，是牠瞭解自己的極限。牠和巴特班體質不一樣，牠只是一條普通的家狗，而巴特班可是牧羊犬品種。逞強只會讓牠喪命……這可怕的寒冷的大水啊。牠不願意死去，又不願意離開我們。沒有希望了。

沒有家的狗最可憐，從此就成了野狗。如果在城市裡，還能在垃圾堆裡扒尋些東西充饑。可這荒山野嶺的，到哪裡找吃的？今晚牠睡在哪裡呢？會不會一個人孤獨地回到我們紮過氈房的舊址上，坐在那裡懷著最後一線希望等待，但願我們馬上就會回到家，重新卸下駱駝，熱熱鬧鬧紮起氈房，永遠生活下去……夏天倒也罷了，饑饑飽飽都能扛得過去。可冬天怎麼辦？冬天長達半年，牠將帶著委屈和不解死去……

又想到，要是剛才不顧一切把牠抱在馬背上的話……那不可能。媽媽和斯馬胡力肯定不會同意的。大家都認爲狗是骯髒的，對一條狗示好的人也令人討厭。再說了，對於一條從沒騎過馬的狗來說，騎馬的可怕程度恐怕不亞於渡河。萬一牠搞不清怎麼回事，行至河中央看到四面大水，本能地掙扎起來的話，馬一受驚，不只是牠，我和斯馬胡力也跟著完了。

剛才牠要是跟著卡西帕的羊群從吊橋那邊過來該多好！但是，就算過了吊橋又能怎樣？眼下的困難都不能克服的話，往後一路上還有那麼多的艱難險阻，牠早晚也捱不過去的。可能這就是牠的命運……

我胡思亂想著，不知不覺間快要接近河心了。河中央的風更猛於兩岸，更涼於其他地方。馬浮在水中努力向前遊動，我高高抬起兩條腿放在馬背上，但褲子還是裡裡外外濕透一大片。但也顧不上許多了，我們正處於最危險的地段。然而由於心懷對懷特班的悲傷，把懼意沖淡了一些。

我恍恍惚惚地往前看，眼前視野分成了兩個世界，下半部是河水，上半部是彼岸。彼岸廣闊的風景正在持續向東推進，而河水則滾滾向西流。兩者錯開的地方彷彿不是空間的錯開而是時間的錯開，奇異而鋒利，奇異而清澈。心裡卻還在明明白白地牽掛著懷特班，卻已無力扭頭看一眼了。眩暈感鋪天蓋地。斯馬胡力，我們不是要過河嗎？我們不是過河嗎？爲什麼你卻牽引著馬逆流而上？我們的馬頭迎著波浪，分開水流，分明在往上游進行。又好像馬兒一動不動，只是大水迅速地經過了我們……我們爲什麼要逆流而上？我們不是要過河嗎？……我糊塗起來，卻又不能開口說一句話。時間無比漫長，我們不停地向上游行進，同時又一直停留在原地，像被困在了河中心。四面波濤滾滾。又那麼冷，那麼冷。但冷已經不重要了，最重要的是沒有希望，眞的沒有希望了……

直到終於接近對岸的時候，才猛地清醒過來！剛才的幻覺一下全部消失。突然看清流動的只有河水，對岸廣闊的風景一動不動，深深地靜止著。

原來渡河的時候，有一個常識，就是不能看著河水，要往遠處看，否則會失去參照物的。斯馬胡力一直盯著對岸的駝隊前行，無論水怎麼流都不改變方向，所以走的是準確的直線距離。而我一會看水，一會看遠方，目光游離，心神不寧，所以才有迎著逆流往上走的錯覺。

而班班剛才肯定也產生了同樣的錯覺。牠畢竟是條狗，身子小，淹沒水裡後，沒法看到對岸，只能憑本能逐波向前，所以在水裡劃出長長的斜線兜了遠路。我還以爲牠是被水沖到下游的呢！

全都過了河後，斯馬胡力又檢查了一遍駝隊。媽媽衝著對岸呼喚著懷特班，一遍又一遍，喊了許久。

我們再次整裝啓程後，沿著河岸向西走了許久。在河的對岸，懷特班也在往西跑動，不時停下來隔江遙望、吠叫。牠還以爲牠仍然是和我們在一起的。直到我們在岔路口拐彎向北，才永遠地分離。我不敢回頭看了。這時候，風又猛烈起來，冰冷的太陽高高升起。

向北的路

最讓人傷心的事是，我把馬鞭弄丟了！那可是新的！是前兩天斯馬胡力剛剛給我做的……而且家裡只有我和卡西有像樣的馬鞭，媽媽只用一截羊毛繩打馬，斯馬胡力用馬韁繩的末梢。

我哭兮兮地跟在駝隊最後，斯馬胡力安慰著我。經過一棵大柳樹時，他折了一枝柳條給我代替馬鞭。

但我還是老落在隊伍最後。我的馬非常蔑視我，理都不理我，邊走邊啃路邊的草吃，一遇到水流就停下來喝個沒完沒了。無論我再怎麼踹牠肚子，抽牠屁股都沒有用。還左顛右晃的，想把我當個累贅甩出去。斯馬胡力便在路口和我換了馬。一騎上他的馬，我立刻衝到了隊伍最前面。

斯馬胡力的馬眞是好馬啊！穩穩當當，健步如飛。「穩穩當當」是我很喜歡的，至於「健步如飛」嘛……唉，再好的馬讓我騎都可惜了。

記得在最開始的時候，騎馬眞是一件苦差使。那時我說的最流利的一句哈語就是：「屁股疼！」

尤其騎馬上山的時候，山路一陡，馬就不聽話了，只撿自己喜歡的地方去。哪兒草多，哪兒有水，哪條路回家，牠可清楚了。

馬是敏感的，要是你沒有騎馬經驗，牠一下子就能感覺到。然後就會不服氣你對牠的操控。心裡肯定在想：「明明我比你強多了，憑什麼你騎我啊？」

你要是指揮牠走錯了路，牠就更鄙視你了，心裡又想：「自己笨，還連累我。」於是牠再也不理你了，管你又打又踹的（反正牠皮厚，也不疼），掉頭就走，筆直地踏上回家的路，好趕緊把你卸掉。

後來稍微熟悉一點兒的時候，牠才稍微聽話一點兒。但到了危險的地方還是信不過我，一步也不肯往前，站在原地任我又踢又踹，韁繩都快扯斷了都紋絲不動。

牠害怕，我比牠更害怕。牠好歹四個蹄子都踩在地上，我呢，兩腳懸空，上不著天下不著地。太不踏實了。

從陡坡一面下山的時候，不需你指揮，牠自然曉得走最最科學的「之」字形路線。慢慢吞吞地，從山體這邊劃到那邊，但拐個彎悠長地劃回來，小心翼翼……依我看，未免小心得過分了點兒，其實完全沒必要將這個「之」字形的架勢拉這麼大嘛。我也看出來了，牠肯定覺得反正閒著也閒著，就一個勁兒地和我磨時間，等到天黑了好趕緊回家。

騎馬放羊，是爲了隨時趕在羊群前頭，把錯誤的行進方向糾正過來。可當羊群漫天散開的時候，對我來說，馬跑得再快也收拾不住。更何況我一會兒策馬朝東跑，一會兒勒過頭來又朝西跑，跑著跑著馬就不耐煩了。脾氣一上來，說啥都不肯跑了，慢吞吞地跟在羊後面，還沒我走得快。我一著急，乾脆跳下馬，牽著馬就跑。一邊追，一邊衝羊群丟石頭，好容易才控制了混亂局面，把大家統統趕回正路上。

大家遠遠地看著，都笑話我：「有馬不騎，牽著馬趕羊！」……

好在，這一次是跟著大隊伍走的，馬比我更曉得千萬不能掉隊。一路上倒也沒讓我操什麼心。

眞冷啊，到了中午，風勢越發猛烈，天地間呼呼作響。太陽雖明亮卻毫無溫度。臉上像被人揍了一頓似的僵硬，表情僵硬，手指僵硬，雙肩僵硬，膝蓋僵硬，腳踝僵硬。已經連續騎了七、八個鐘頭的馬了，感覺渾身都脆了，往地上輕輕一磕就會粉身碎骨。但又不敢隨意動彈。稍微踩著馬鐙子在馬鞍上起身一下，都會覺得寒冷立刻逮著個空子，迅速襲往那一處，撲在那一處僅存的溫暖上……剛才渡河時弄濕了雙腿，一直濕透了毛褲和秋褲。但這個與此刻正在攻擊自己的寒冷相比，完全算不上什麼。起碼那兩條腿此刻緊貼著馬肚皮，馬肚皮是滾燙溫暖的。

羽絨衣的領口高高地豎在下巴上，因呼吸而濡濕了一大片，又因寒冷而凍成硬邦邦的。只有靠近嘴唇的地方還有一點軟。由於馬一走一晃的，那一塊堅硬反覆摩擦著下巴，漸漸把下巴擦破了一大塊皮，生痛生痛的。但又不敢放下領口。我寧可痛死，也不願冷死。此刻自己全部的力量與凜冽大風的僵持狀態剛剛持平似的，再增加一絲一毫的寒冷都會令天平陡然傾斜，瞬間將人擊潰。

我不說話，眼睛不亂看，脖子不左右亂扭。全部的注意力用來感受著冷，一滴一滴地品嘗著，再一滴一滴地將之融化。快要到了，快要到了，札克拜媽媽說中午時分一定會到的。

斯馬胡力穿得非常單薄，誰教他的新衣服那麼瘦呢，裡面除了一件毛衣就再也塞不進一根布絲了。誰教他非要穿新衣服上路呢？不過卡西也穿著新衣服，札克拜媽媽也格外打扮了一番呢！對哈薩克牧人來說，轉場搬家可是如節日般隆重的大事。只有我顧不得那麼多，穿得渾身圓滾滾的，上下馬都得要人扶，而且想到途中一定會很辛苦，到了地方還要幹許多活嘛，所以穿的都是髒衣服。對於我這個破壞隊形的邋遢鬼，媽媽很不滿。

斯馬胡力打著馬不時跑前跑後地照應駝隊，倒是看不出冷的意思。到底是年輕人啊。

但一路上大家都一聲不吭，似乎都在忍受同樣的痛苦。

不知趕著羊群的卡西帕此刻到哪兒了，不知她冷不冷。

剛涉過大河，渾身濕透的班班此刻也非常疲憊了，不再前前後後地亂跑，跟著駝隊一步一步地老實前行。我記得在此之前牠好幾天沒有吃東西了——至少好幾天沒有從我們這裡得到食物。在荒野裡牠都能找到些什麼東西果腹呢？又冷又餓的可憐的班班啊……我因擔憂牠而越發傷心起來。又想到了此時被遺棄在額河南岸的懷特班……仍然沒有希望，駝隊的行進在繼續，冷也在繼續。甚至感覺已不能捱過這趟行程了……

過了額爾齊斯河沒多久，視野中的綠意陡然濃厚了幾分。一些地方甚至能冠以「青翠」一詞了。路邊水流很多，雖然沒經過什麼村莊，但沿途到處是田野，大都還沒有播種。怪不得有人說新疆地理特徵是「南蒼北潤」，越靠近北邊的山區，果然越發濕潤清涼。

途中經過的最荒涼的地方不是成片的戈壁灘，而是一大塊葵花地。大約種過許多年葵花了，地面板結嚴重，梗子也是堅硬的，一條一條平行流暢地伸向遠方，去年剩下的一些葵花杆稀稀拉拉插在梗子上。這塊地有數百畝，我們走了很久才完全通過。這真像是一塊大地的屍體。往下走，地形舒緩起伏，一直沒經過什麼大山。山在眼前的視野盡頭，那就是阿爾泰山。

每到一處水草豐美之處，我就想：「怎麼還不停下來呢？這裡還不夠好嗎？」

但一句話也說不出，寒冷令我深深地躲藏在重重疊疊的冰冷衣服裡面，只露出兩個眼睛。渾身一動也不敢動，任馬兒馱著我跟著駝隊走啊走啊。

然而接下來的地勢卻乾燥平緩了起來。最後完全進入了一片戈壁灘。

我終於絕望了，眼下這荒茫茫的大地，不知還要走多久才能穿過！媽媽不是說中午就能到嗎？

就在這時，路一拐彎，我們繞過一個小土包，看到眼前空曠的荒野上出現了三、四頂氈房和一小群人。

我看著斯馬胡力策馬奔跑過去和他們打起招呼來。看著媽媽也勒停了馬準備下去。

我大吃一驚：「就是這裡嗎，媽媽？」

媽媽終於露出笑臉：「對啊，這就是塔門爾圖！」

我一時不願下馬。扭頭四面看看，空曠的戈壁灘微微地起伏著，四面無際，群山遙遠。這個地方……簡直比吉爾阿特還不如！起碼吉爾阿特還有一小片沼澤，還有大塊的冰雪，還有連綿的山坡……

剛才白白經過那麼多那麼美好濕潤的地方了！我還以爲最終去向的會是什麼更好的地方呢……

最最熱鬧的地方

先到的那幾家人裡走出了兩、三個衣著整齊乾淨的女人，遠遠迎上來，和札克拜媽媽握手，沒完沒了地問候。然後一起動手，七手八腳幫我們卸起駱駝來，很快就卸完了，將全部家什堆在遠離那幾頂氈房的一片空地上。然後媽媽整一整頭巾和外套，帶著我和斯馬胡力彎腰走進三個氈房中最大的一頂。

一進去，立刻就知道了：這趟行程的痛苦結束了！

荒野裡居然有如此美好的所在！

這個氈房很大很大，是我家氈房的兩倍有餘。地面平平坦坦，乾乾淨淨。花氈全是嶄新的，花氈上坐著許多人，圍著一大塊堆滿了食物的餐布，那些食物統統閃閃發光，油水很足的模樣。而人們統統穿著新衣服。

看我們一家人渾身寒氣地走進來，女人們立刻從外面抬進來一架銀亮簇新的鐵皮爐，又有人抱進來一堆劈柴（他們居然燒柴！這種地方居然會有整齊的劈柴！而我家只有牛糞可燒……），很快升起爐火，柴禾燒得劈里啪啦響。大家紛紛把我和札克拜媽媽讓到最靠近爐子的地方。我伸開十個指頭緊緊抱住爐子一般烤起火來。

很快我的奶茶也遞了過來（奶茶！我們家只有黑茶的！），滾燙噴香。我端起來正想喝，媽媽迅速挖了一大塊黃油扔進我的茶水裡。黃油迅速融化在滾燙的茶水裡，給茶水鍍上一層明亮的金黃色，那情景令人倍感幸福。

我正讚歎著，媽媽又「啪」地往我碗裡扔了一枚金黃油亮的包爾沙克（油餅）。

接下來她不停地扔，和主人一邊交談一邊不動聲色地扔啊扔啊，好像怕我會吃虧似的，怕我在人多的地方搶不過別人似的。

我邊吃邊無限豔羨。這家人可眞有錢，眞闊氣！……又暗想：我家果然很窮……總之，經過漫長寒冷的跋涉後，突然跌進了這樣一個暖洋洋香噴噴的好地方，眞是大大地安慰了我們受苦的心！

大家各吃各的，彼此間低聲交談。我們進來之後，宴席便分成了兩席，差不多是男女分開的，大約共有二十來個人。滿地都是小孩子，席上還有四、五個嬰孩躺在一起。難道今天有什麼喜事嗎？

這時，厚重的氈簾掀動，一頭羊進來了，接著進來的人拽住羊脖子上的毛，令牠跪在眾人面前。我知道要宰羊了。坐在上席的那個平靜有禮的年長者伸出雙手攤開掌心開始做「巴塔」（祝禱辭），所有人也都攤開掌心聆聽著。禱告內容很長很長，似乎說盡了一切事情。我雖然經常吃手抓肉，經常聽人做巴塔，但從沒聽過這麼長內容的。雖然意思聽得不太懂，但從他的語氣、神情，以及滿室人莊嚴的安靜中能感覺到，其內容一定是與感激、諒解和祝福有關。我也攤開掌心，做出乞求的姿勢，看向那羊。似乎牠已經明白了一切，輕輕地睜著眼睛，凝視著空氣中不存在的一點。抱著羊的那人把羊頭環進臂彎，也攤開雙手鄭重地聆聽。

禱告完畢，我和大家一起說「阿拉」，用雙手抹了一把臉。這時，發現媽媽不在了。

等了半天都不回來，坐在陌生人中間很不是滋味，便悄悄離席，出去找她。

在旁邊幾個氈房門口探頭看了看，都沒有。再走遠一些，發現媽媽和斯馬胡力已經開始在空地上拆包裹搭房子了！我趕緊跑過去幫忙。這種時候我最能派上用場了。

因爲在塔門爾圖住的時間不長，我們沒有搭正規的氈房。四個房架子裡只用了三個，把它們拉開圍成圈，綁上放射狀的檁條子。也沒頂天窗，檁條末端直接交叉著靠搭在一起。

媽媽曾經形象地告訴過我，這種房子，叫做「頭上打結兒的房子」。當時我還不太明白，她就掰過斯馬胡力的腦袋，讓我看他後腦勺上的旋兒。果然，這樣的房子頭頂也有一個旋兒啊。

這樣搭起的氈房子很小很小，除去鋪花氈和架爐子的地方，餘下的空地只夠讓兩個人擦肩而過。連被褥都沒地方放，只好堆在外面空地上，蓋片氈子來擋雨。幸好後來幾天一直沒怎麼下雨。

折騰了兩天，又跋涉了一天，被褥像是在土堆裡打過滾似的，一拍就騰出一篷白茫茫的煙塵。身上也一拍就四處冒煙。襪子扯住彈一彈，也騰起一股土。連最貼身的內褲也……

這個地方比吉爾阿特還要乾燥，土氣更大，路上全都鋪了厚厚的一層麵粉似的細土。一颳起風來，滿世界雲裡霧裡。

不到半小時的工夫，我們頭頂打結的房子就在土堆上立起來了。我催著斯馬胡力趕快去迎接還在途中的卡西，自己開始收拾房子。

收拾房間的工夫裡，不停地被打擾。一會兒來一個人到門口瞅一眼，一會兒又來幾個人進房子轉一圈。問他有什麼事，也不說話，問他找誰，還是不說話。

已經適應了沒有人的地方，乍然間到了人多的地方，一時半會兒還眞不習慣。

再想想又覺得可笑，出門四面一望，坦闊無垠的大地上只有我們這幾個氈房子緊緊偎在一起，像互相靠著取暖似的，又像荒野中迷路的幾個人聚在一堆，一步也不敢亂動。東南西北空曠無物，這也叫「人多的地方」嗎？

半下午時分，卡西才疲憊地到家了。我一看只有她一個人，忙問：「斯馬胡力呢？」她說在後面趕羊。

於是我又開始擔心斯馬胡力。卡西這麼累也不休息一下，到家的第一件事就是去打水。原來要梳洗一番去見爺爺。原來爺爺先我們兩天搬到塔門爾圖。可剛才在席間爲什麼沒有遇到他？

塔門爾圖居然有現成的水！不用背冰了！我很高興，趕緊便跟著去看水。

水源很遠很遠，我們離開氈房和人群，在戈壁灘上走了很久，才走到一處突然陷落地面的凹坑邊。我們小心地走到坑底，果然最低處停著一汪靜靜的水窪，水中央扔著一只破輪胎。卡西拎著桶踏上那只搖搖晃晃的輪胎，俯身用一只碗一下一下地舀水傾倒桶裡，邊舀邊撇開水面骯髒的浮物。水極淺，且渾濁。估計打滿五、六桶這個水坑就見底了，還得耐心地等它一點一點沁滿了才能繼續取用。

於是更懷念吉爾阿特了！

卡西著實梳洗打扮了一番，有些鬆散的頭髮梳得光溜溜的，皮鞋也擦了一遍。然後出門迅速消失在遠處一群花枝招展的姑娘中間。

可不一會兒，她又回來了，身後跟著一個非常文靜體面的長辮子姑娘。對我說，爺爺要我也過去！我立刻緊張起來，趕緊擦一把臉跟著走了。邊走邊打量那個不認識的姑娘，不由自卑起來。媽媽和卡西她們眞英明，都穿上最漂亮的衣服，誰像我這樣又髒又滑稽啊？頭一天媽媽和卡西都特意洗過頭髮。我怕洗完還是會在塵土飛揚的大風裡弄髒，就頂著灰濛濛的腦袋上路了。唉，看來生活再艱難也不能將就著過日子啊……漂漂亮亮、從從容容地出現在大家面前，不僅是虛榮的事，更是莊重與自信的事。

我們進入的還是剛才那頂最大的氈房，原來氈房主人是卡西的叔叔，卡西爸爸的弟弟。今天的拖依（宴會、舞會）是分家的拖依，會持續三天，今天是第一天。卡西的叔叔和他最小的弟弟海拉提（其實不是弟弟，是侄兒，是札克拜媽媽的大兒子，一出生就根據習俗贈送給爺爺作爲最小的兒子）從此分裂爲兩個家庭，不僅是氈房，牛羊和牧場也分開了。爺爺也脫離了大氈房，跟著小兒子海拉提一直過。

氈房裡的人比剛才多了一倍，全都是前來祝賀的客人，來自附近的牧場和喀吾圖小鎭。但人越多，卻越安靜，滿室鴉雀無聲。我穿過安靜的目光走向上席，心裡直發怵，後悔沒有擦鞋子，沒換條乾淨褲子。

一進房子就一眼看到了爺爺。他坐在上席正中的位置，一副舊式哈薩克人的打扮。白鬍子，頭上包著白頭巾，舊的藍色條絨坎肩，笨重的大靴子。身子又瘦又小，神情溫和喜悅。

而氈房主人卻高高大大，威嚴莊重，架勢跟領導似的，一點兒也不像爺爺的孩子。

我一看就很喜歡爺爺，趕緊上前問候。大家把我讓到上席右手第三個位置，滿室的目光都聚焦過來，房間裡越發安靜。

明明知道大家都在等著我開口，但一時眞的不知該說些什麼好，只好裝傻，一副沒見過大場面的模樣。果然沒一會兒，大家就不理我了，扭頭各說各的去了。

雖然滿室都在交談，但沒有一個大嗓門的，全都壓低了聲音靜靜地說話。這種氛圍眞是又有禮又拘束。這時我隱約聽到女人堆裡有議論我的聲音，便頭也不抬地喝茶，任她們遍體打量。但聽到一句「裁縫的女兒……做得很好……毛衣也織得好……」後，忍不住看了過去。她們都輕輕笑了起來，果然有一、兩張隱約熟悉的面孔。

札克拜媽媽早就給我說過了，喀吾圖小鎭離此地不遠，就在東北方向十幾公里處。我小的時候曾在那裡生活多年，當時我媽是裁縫，我自然就是「裁縫的女兒」了。另外我還做過織毛衣的生意，村裡幾乎每個人都穿過我織的毛衣毛褲背心之類。想不到這麼多年過去了，大家都還記得我。眞令人得意。

我左邊的老人很健談的樣子，會說好多漢語。他告訴我，他是爺爺的親家，是喀吾圖的農民。還說他認識我媽，並請我代爲問候。

我說我媽媽現在也開始種地了。他斷然說道：「種地不好！一年一年一年，不好了！」

我猜他是說：「一年比一年不好」。

他又指著爺爺說：「這個尕老漢[1]嘛（居然這麼稱呼爺爺！），他的兒子拿了我的丫頭。我的兒子嘛，又拿了他的丫頭——就是這個樣子的嘛！」

原來是雙重親家啊。我被這種「拿來拿去」的說話逗樂了。

我右邊的就是氈房主人，卡西帕的叔叔。他也會說幾句漢語，自我介紹是牧業寄宿制學校的退休教師。我們用漢語聊了沒兩句，他突然告訴我，他沒有胃！因爲去年患胃癌，胃被切除了三分之二……眞令人心驚……

怪不得神情冷峻嚴厲，並且舉止遲緩，一定出自身體上的不適。我一時不知道說些什麼才好。他那麼大個男人，肯定是不需要安慰的。但也總不能祝賀他恢復健康吧，他看上去明明很難受的模樣。

我只好小心翼翼地問：「那，還能不能吃肉？」

他一下樂了：「能！你看，羊也宰了，肉馬上就端上來！」

---

1 在西北地區，對年紀不是很大、但比較精幹、閱歷較豐富且待人誠厚男子的一種稱謂。

但我沒等到吃肉就退席了。氈房裡人太多，肉是給客人們提供的，怎麼好意思被當做客人安排呢。卡西一直沒有入席，問候完就出去了，和兩個女孩埋首在室外灶台邊一大堆碗碟中奮力大洗。媽媽也在大肉鍋旁邊跪坐著，餵柴燒火。我看了一圈，也插不上手，就回家繼續收拾房子。花氈上全是泥土，但是翻遍了所有的包裹都找不到掃把。好在我很聰明，出去在附近的野地裡走了一圈，拔回來一大把芨芨草，三下兩下就紮了個相當漂亮的掃帚，使用起來所向無敵。

傍晚，我開始準備晚飯，卻發現一個碗也沒有了。原來全被大氈房那邊的宴席借走了。只好燒了茶坐下來等待。好在媽媽和卡西她們回來時，不但帶回了所有的碗，還端回了一大盆羊肉湯！還有幾塊用餐布包著的大骨頭！雖然只是宴席上吃剩的，上面已經沒掛幾根肉絲兒了，我們還是高高興興啃了半天。哎，今天一下子吃了這麼多好東西！真令人心滿意足。

唯一鬱悶的是，大家看到我的掃帚後都不覺得意外，順手拿起來就用，對它已經很熟了似的。得不到誇獎真是遺憾。

客人們

夜裡我們躺在被窩裡，討論眼下這幾戶人家的親戚關係，真是盤根錯節，錯綜複雜。而被卡西這樣的傢伙進行介紹的話就簡單多了，只要是男的全都說是她的姐夫，女的全是她的嫂子。

我問：「怎麼會只有姐夫和嫂子呢，姐姐和哥哥都在哪裡？」

卡西想來想去，斷然道：「姐姐嘛，就是嫂子，哥哥就是姐夫！」奇怪的概念。

而且卡西給我介紹的內容往往和客人自我介紹的大不一樣。比方說她說某個女孩是叔叔的妹妹。可對方分明告訴我她是叔叔的女兒。妹妹和女兒的區別多大啊，虧她也能搞混。

第二天，氈房剛剛收拾出來，就陸續有人來我家做客了。大多是參加拖依的客人，順道過來寒暄兩句。

第一位客人是二姐沙勒瑪罕的婆婆。這位親家母很胖，戴著只露出五官的白色蓋頭。雖說禮性是生養過孩子的婦人都會戴蓋頭，但現如今只有虔誠於宗教的上了年紀的老太太才這麼打扮。既然戴著蓋頭，可謂德高望重。因此穿戴上也不能馬虎——衣裙厚實，靴子沉重，銀手鐲極粗，戒指上的石頭極大。我連忙開始張羅茶水，但被札克拜媽媽止住。接下來看到這位老太太拎起我家的淨手壺出門而去。原來只是為了找一個清淨的地方做巴塔（虔誠的穆斯林每天都會做五遍禱告）……也是，比起其他幾頂熱熱鬧鬧待客的氈房，我們臨時的「打結兒的房子」的確安靜多了。

老太太回來後，自個兒從牆架子上取下斯馬胡力的黑外套墊在膝蓋下，面朝西方下拜，念念有詞。大約進行了五分鐘。這時間裡，大家各幹各的，然後坐在旁邊低聲談論別的事情。一直等她結束之後，媽媽取出餐布裏兒展開，我們一起陪著老太太喝茶。喝完茶收起餐布，撤去小桌子。又聊了一會，老太太才告辭。

等她一走，札克拜媽媽立刻精神抖擻，大聲吩咐我重新擺開桌子鋪餐布。接著她像變戲法似的抓出一大堆花花綠綠的糖果撒在冷硬的食物間！原來爺爺家結束宴席後，女主人把剩下的糖果分配了一下，媽媽和卡西因為幫了半天忙，於是也分得了一份。哎，親家母在的時候不好意思拿出來嘛……媽媽便一直揣在懷裡，一直按捺著，一直等到她離開了，才給我們驚喜。於是我高高興興排開碗沖茶，大家就著糖果重新又喝了一輪，興奮地聊起這兩天拖依上的見聞，議論每一個客人。還是自家人在一起更快樂自在啊！

第二個來拜訪的親戚是卡西諸多嫂子中的一個。然而她也不是眞正上門喝茶聊天來的，她剛到地方，內急，來打聽廁所在哪裡。

天啦，眞文明，連我都忘了世上還有「廁所」這麼一個東西了。於是我帶著她向西南面戈壁灘突然窪陷的地方走去。

雖然我剛到塔門爾圖不過一天，儼然已經成爲能夠令人信任的「本地人」了。

果然，這位年輕的親戚是位城裡人。她很能說一些漢語，語速急促，神情認眞，絕對不笑。在我們去「上廁所」的那一路上的短暫時間裡，她著急又緊張地告訴了我數不清的事情。包括她和卡西是什麼關係，她丈夫和卡西爺爺是什麼關係，她丈夫和卡西大姐夫是什麼關係，她小姑子和卡西叔叔一家又新近搭上了什麼關係……此外，她還完整地告訴了我她所有孩子們的情況，她婆家的情況，她家今年夏天的計畫，冬天的計畫……聽得我目瞪口呆，別說插嘴，就連一根牙籤也插不進去。但是爲什麼會如此著急呢？像是一個爲自己辯解的人似的，急不可耐地說啊說啊說啊……我除了認眞地聽啊聽啊聽啊聽啊，似乎什麼忙也幫不上了。

突然，她問我：「你多大了？」

沒想到話題突然就轉到了自己身上，我一愣，正要回答，突然看到傍晚淡紅色的空氣裡有幾片白色的雪花飄在她深色的呢料大衣上。我大吃一驚：「下雪了?!」

快六月了還在下雪，這倒沒什麼奇怪的，奇怪的是，雪是從哪裡飄來的？

抬頭一看，傍晚的天空藍幽幽的，只有幾團薄薄的絮狀雲霧。

我們又一起扭頭向西北方向看去，太陽已經完全落山，但天邊的餘暉兀自燃燒著層層疊疊的雲霞，彤紅一片——雪是從那邊來的！

是的，它們並非從天上垂直落下，而是如斜陽一般橫掃過大地，與大地平行而來……太不可思議了！太奇妙了，真是從未經歷過這樣的情景！

身邊的城裡親戚也一時閉上了嘴巴。我們倆呆呆在站在空曠的大地上，面向西方，迎著筆直掠過來的雪花，看了好一會兒。

空氣清晰，天空晴朗，好像有風，又好像沒有風。如果有風，更像是雪飛翔時拖曳出來的氣流。這場雪雖然不是很濃密，但大片大片地迎面而來，逼著眼睛直飛過來，極富力量——好像我們身後的地方不是東南方向，而是無盡的深淵……好像地心引力出現了微妙的轉移……我忍不住回頭望——天啊！

——在身後，在東方不遠處的空地上，一朵雲掉了下來！它掉到了大地上和地面連到了一起！此時我們再急走數百步就能直接走進那朵雲裡！

我只在山區見過停在身邊的雲，從來沒有在平原的大地上見過……

據我目測，那一大團雲有一、兩畝地大的面積，有兩棵白楊樹那麼高，在暮色中泛著明亮的粉紅色。我越看越覺得冷，想跑進雲裡看一看的想法迅速消失。面對眞正的奇蹟時，是沒法維持好奇心的。再說，突然湧上全身的寒意讓人害怕。我連打幾個冷戰，裹緊衣服，拉著這個女人走了。一路上她繼續不停地說這說那，但我什麼也聽不進去了。

一回到家，這個女人就迅速消失，此後再沒見過她。

至於雪呢，也只飄了十幾分鐘就恢復正常了，開始慢悠悠地從上往下飄。半個小時後完全停住。落在地上的迅速化去，夢一樣結束。天邊的雲霞也漸漸熄滅，天黑了。

就是這一天的黃昏，媽媽騎馬去喀吾圖小鎮拜訪親戚，說晚上不回來了。這一天的晚餐，我們三個決定吃粉條。粉條是大氈房那邊分給我們的，只有很少的一小把，我們三個吃還緊巴巴的。加上氈房剛剛落成，又亂又侷促，於是誰也不希望晚上來客人（哈薩克人有與客人分享食物的禮性）。偏偏這幾天大氈房那邊由於拖依的關係，人來人往的。客人們總是一頂氈房一頂氈房地挨個串門子，認不認識都會掀起門簾往裡瞅一下。瞅到有人在的話，就對直走進來一腳踩上花氈坐著了。這也的確理所應當。於是這兩天我從早到晚都在不停地燒茶，連出去撿牛糞的時間都沒有了。

尤其是一些小夥子，把我們這個小氈房當成打撲克牌的好地方。因爲其他氈房都有老人，當著老人的面打牌，未免失禮……

總之這頓晚餐做得相當艱難。好狗班班一叫，我們三個一起跳起來七手八腳地蓋鍋蓋，收鍋子，藏筷子。再迅速拎一隻茶爐壓住爐火。好在大部分時候只是虛驚。

等香噴噴的芹菜燉粉條端上桌後，就更危險了。我們每吃幾口，就豎著耳朵聽一陣。

不幸的是這時眞的來人了！腳步聲已經到了氈房後面，有人在喊：「斯馬胡力在嗎？」卡西二話不說，利索地把盛粉條的盤子倒過來往鍋裡一扣，再端起鍋塞到麵粉口袋後面。再順手從同樣的地方掏出一隻乾饢放到餐布上一刀一刀切了起來，裝作剛剛開始用餐的樣子。我也迅速收起筷子藏在矮桌下。斯馬胡力什麼也沒做，邊擦嘴邊看著我們笑。

進來了兩個年輕人，打完招呼後就直接踩上花氈坐到餐桌右側。卡西若無其事地擺碗斟茶，壓低嗓門，有禮地回答他們的問話。我看到其中一人的茶碗邊還黏著一根粗大的粉條，便極力忍著笑拚命喝茶。接著又看到餐布上的乾饢塊和包爾沙克間還有放過菜盤子的圓形空缺……而麵粉袋子後露出了大半個鍋和盤子一角——那裡怎麼看也不像是放鍋的地方……至於滿房間彌漫的芹菜味兒就更不用說了，我懷疑這兩個人正是聞到這股味道才上門作客的……怎麼可能啥也察覺不到！他倆吃得緩慢而猶豫。那饢實在太硬了，我上午偷偷掰了一塊餵班班的時候，手指還被饢塊茬口劃破了一條血口子。

好在他倆沒有久留，默默地喝完一碗茶就立刻告辭。往常的話，還會坐在原處和斯馬胡力東拉西扯好半天，還會一起搗鼓一下壞掉的太陽能收音機什麼的。

我們都埋怨斯馬胡力：：「你的朋友眞多啊！」

斯馬胡力很不好意思地說：「這下我再也沒朋友了，朋友要罵我了。」

不過想一想，在吉爾阿特的時候，我們曾經多麼望眼欲穿地盼望有客人上門啊！

要是札克拜媽媽在的話，看到我們這樣沒規矩地吃飯，一定會罵的。還會責怪我們失禮——和別人分享一頓晚餐又怎麼了？能被吃去多少呢？傳出去眞是丟人……總之越想越羞愧。眼下兄妹倆倒也罷了，還是孩子，不懂事。那麼我呢？我這麼體面的一個大人，跟著瞎摻和什麼……

「可憐」的意思

塔門爾圖離公路很近，我們站到高處，能看到筆直的公路上過往的汽車，離我們大約兩、三公里遠。

一切安頓下來後的第四天，我一大早出發，穿過戈壁灘來到公路邊，很快攔了一輛麵包車去了縣城。在城裡的市場上，我給家裡買了胡蘿蔔、土豆、洋蔥和芹菜，還有幾個大蘋果，還有電池。給札克拜媽媽買了牙痛藥和敷關節的膏藥，給卡西帕買了紅色外套和涼皮——她曾說過她最喜歡吃涼皮。還給自己買了更厚的棉衣棉褲，給斯馬胡力買了塊新手錶。他原先的錶在和人打架時摔壞了，害我們全家人跟著過了很久沒有時間的日子。哎，眞是好長時間沒花過錢了，把錢掏出來立刻換成想要的東西的感覺眞是幸福！像美夢成眞一般。但所有東西都買齊後，頓覺再無事可做。雖然時間還很早，一心卻只想著趕緊回家，好把這些好東西一樣一樣取出來給大家看。

對了，想起在荒野生活中那種沒日沒夜的執拗食欲，我便在城裡復仇一般狠狠大吃了一頓，結果撐到犯噁心，直想吐。

最意外的是，在大街上走著走著，居然迎面遇到了我媽！她不是在幾百公里外的南面荒野中守著葵花地嗎？算下來，眞是好久都沒見面了！媽媽黑瘦了一些，大致還是老樣子，她是來城裡買農藥的，正急著去趕車，因此見面的情形很匆忙。我們站在人來人往的街頭飛快地聊了一會兒，儘管時間急促，她還是告訴了我許多事情：一，前幾天的沙塵暴很可怕；二，前段時間長出來的葵花苗被黃羊（鵝喉羚）吃光了，只好補種了一遍，現在剛發了幾公分的芽，但估計黃羊還會再來；三，化肥漲價了；四，外婆胃口很好，一頓能吃一碗半飯；五，小狗賽虎生病了；六，賽虎會抓老鼠了；七，鵝已經下了三個蛋；八，今年大旱。

我也告訴了她自己的一些事情。當說到老狗班班受傷的耳朵時，媽媽出了個主意，讓我回家用濃濃的鹽水倒進牠灌膿的耳朵裡，說不定可以殺菌消炎，還讓我給牠吃點抗生素。

然後我們在街頭告別了。

我把所有東西打成兩個大包，一手拎一個去找車。去喀吾圖方向的車人一滿就出發，沒個發車的準點。我只好四處打聽偷偷運營的黑車。找到車後，當那個司機得知我要去的地方時，非常吃驚，說：「你一個漢族人，去那裡幹什麼？」

我後座的一個女人更是驚訝得不得了，不停問：「你不怕嗎，不怕嗎？」

我心想那有什麼可怕的？就一個勁兒地笑，不理她。

但這一路上她老是問個沒完：「不怕嗎？眞不怕嗎？……你膽子眞大！」

直到我下了車，她才歎息著說：「那個地方狼很多……」

狼多那句話倒沒把我嚇住，嚇住我的是——下車時，我下錯地方了！

我只記得去縣城搭車的地方，是戈壁灘邊上一條土路的盡頭。可這一路上卻怎麼也找不到那條土路了，路邊也沒有里程碑。再說，「塔門爾圖」只是戈壁深處一個小角落的土名兒，只在很少的牧民間流傳。司機和車上的旅客誰也不清楚這個地方的確切位置。我傻眼了。車都快到喀吾圖了還沒認出路來，司機氣得直罵我笨。最後他停了車，路邊攔下一輛迎面開來的車，囑託那個司機捎上我，把來路再走一遍。

荒野起伏連綿，一棵樹也沒有，無論走到哪兒，無論從哪一個角度看，到處極爲相似。我眞的迷路了。爲了不麻煩司機，隨便挑了個地方下了車。豁出去了，大白天裡會有什麼危險呢？司機不知道地方，生活在這一帶的牧民肯定知道的。在戈壁灘上走的話說不定會遇到騎馬的牧人。而在公路上來回逡巡，到天黑也未必找得到路。

於是我拎著兩個沉重的大包走進了茫茫荒野。還沒走一會兒，手指頭就給勒得生疼。於是把這兩包東西藏在路過的兩塊石頭中間，在太陽下空手前行。

當時我已經做好了走到天黑的打算，結果走了不到一個鐘頭就迎面遇到了卡西！最最親愛的卡西！

在四顧無人的荒野，在最無助的時分，突然遇到最最熟悉的人，簡直令人喜極欲泣。

卡西一邊向我跑過來，一邊大喊：「可憐的李娟！」

可憐的？……我愣了一下。等反應過來時，驚覺好多事情無需言語也能去到最恰當的地方，尋到最恰當的結局。如隨木筏順流直下，如種子安靜地成爲大樹……雖緩慢，卻有力。

我們一起沿來路去找那兩個大包，這回沒迷路，很快就找到了。

我問卡西：「你現在知道『可憐』是什麼意思了？」

她笑嘻嘻地說：「這個樣子就是可憐嘛！對嗎？」

卡西總是很辛苦，睡得晚，起得早，幹的全是力氣活。每當看到她回到家累得話都不想說時，我總是忍不住歎息：「可憐的卡西帕！」——用的是漢語。

於是她每次都會問我：「『可憐的』是什麼意思？」

我一時無法解釋。哈語水準實在有限，還不曉得「可憐」在哈語中對應的單詞。

於是我就抱著她，做出悲慘的模樣，還哼哼唧唧裝哭。然後說：「你很『可憐』的時候，我就會這樣做。」

她很疑惑地說：「是不是說我要死了？」

「不不！不是的！」我想了又想，絞盡腦汁。

於是她又去問斯馬胡力：「你知道『可憐的』是什麼嗎？」斯馬胡力是全家唯一「略懂」漢語的。他能用漢語說「你好」，另外還會說「再見」。

這傢伙自信地猜測：「就是說你『很好』！」

我連忙否定：「不！不是『很好』的意思！」

卡西便很悲傷：「那爲什麼要說我『不好』？」

我百般無奈，只好繼續抱著她悲慘萬分地表演一番。總之，實在沒法說清。

有一次我想到一個主意，說：「卡西肚子餓了，卻沒有飯吃。冷了，衣服又沒有了。想睡覺的時候，還得給斯馬胡力做飯。這就是『可憐』！」

卡西聽了大爲不滿：「豁切！肚子餓了沒飯吃，瞌睡了還得做飯。那不是『生氣』嗎？」

「……」

儘管溝通如此艱難，但是，再無助的兩個人，再封閉的兩顆內心，相處久了，眼睛在不停看到，耳朵在不停聽見，什麼樣的情景對應什麼樣的表達。漸漸地，人心都會豁然開朗。語言封閉不了感知。

我每天左一個「可憐的」右一個「可憐的」說個不停，對著失去母親的小羊說，對著冒雨找羊回來的斯馬胡力說，對著因牙疼而整個腮幫子都腫起來的媽媽說……大約我的神情和語氣不時地觸動著什麼，慢慢地，這個詞逼眞地進入了卡西的意識。

因此當她遠遠看到我孤零零地、疲憊無助地走在荒野中時，立刻就喊出聲來：「可憐的李娟！」她不僅僅學會了一個漢族詞彙，更是準確地、熟練地表達了那種特定的情感。眞是不得不感動……

對了，怎麼就那麼巧遇到了卡西？原因很丟人……我人還沒到家，「有一個漢族姑娘迷了路」的消息就傳遍這片荒野了……

最開始是那個司機和一車的旅客到了喀吾圖逢人就說，然後消息迅速被一個在喀吾圖買馬蹄鐵的牧羊人傳回了荒野之中。緊接著與他打過照面的幾個騎馬人立刻拐道趕往塔門爾圖，不約而同到我家氈房告知了情況。於是卡西和札克拜媽媽便出門分頭去找……哈薩克牧人的「土電話」眞厲害！

哈薩克牧人見了面總是鉅細靡遺地分享各自的最新見聞。當兩個哈族人站在街頭沒完沒了地打招呼的時候，可不要笑話他們囉唆。在遠古最最寂靜的閉塞時期，這種習俗爲維持資訊管道的通暢出過大力的！

但是，傳得太快太廣了也不全然是好事。等阿娜爾罕來的時候，也對我說：「聽說有一個漢族姑娘在去喀吾圖的路上下錯了車，迷了路——是不是你？」縣城的人都知道了！

和卡西帕的交流

在我僅僅只會說一些單個的哈薩克單詞——如「米」啊「麵」啊，「牛」啊「羊」啊，「樹」啊「水」啊之類——的時候，和大家的交流之中真是充滿了深崖峭壁、險水暗礁。往往一席話說下來，大家越來越沉默，你看我，我看你，眼神驚疑不定。我總是在給大家帶來五花八門的誤會。

雖然長年生活在哈薩克地區，但由於家裡是開雜貨店和裁縫店的，我與大家的生活交流僅限於討價還價。除了記住全部商品的名稱及其簡單的功用介紹之外，能比較完整地連成一句話說的哈語幾乎只有以下這些：

——不行，不能再便宜了！就這個價！

——裙子已經做好了，但是還沒有熨，請稍等五分鐘。

——厚的褲襪剛賣完，三、四天後會進貨。

——可以試褲子，但得先脫掉你的鞋子。

……

剛開始進入札克拜媽媽一家的生活的時候，眞是非常高興。因爲全家人幾乎一句漢語也不會，這下總可以跟著實實在在地學到好多哈語了吧？

結果到頭來，自己還是停留在原先的水準，倒是媽媽他們跟著我實實在在學到了好多漢語。

最初，我教給卡西的第一句話是：「我愛你。」

後來卡西又向我深刻地學到了一句口頭禪：「可憐的。」

於是她總是不停地對我說：「可憐的李娟，我愛你！」

雖然從不曾具體地教過札克拜媽媽一句漢語，但她很快也會熟練地使用「我愛你」了。一大早就會聽到她快樂地說：「李娟，我愛你。茶好了嗎？」

媽媽說得最熟練的兩句漢話：一、「李娟謝謝你！」二、「李娟，桶！」前者是每天臨睡前我爲她捶了背之後。後者則在擠牛奶時，牛奶滿了一桶該換另一只桶了。

而全家人都說得最順溜的一句漢語則是：「對不起！」

——大概因爲我一天到晚總是在不停地說這句話。不知道爲什麼，我整天不停地在做錯事。

全家人裡，收穫最大的是卡西，她足足記錄了一整個本子的日常用語。可一旦離開那個本子，她就一句話也應用不了。和我說話時，總是一邊嗯嗯啊啊地「這個這個，那個那個」，一邊緊張地翻本子，指望能找出一個最恰如其分的字眼。

糟糕的是，她是隨手記錄的，也沒編索引。我一直打算買一本哈漢詞典送給她。

相比之下，我就聰明多了。我最厲害的一次表達是試圖告訴卡西自己頭一天晚上夢到了胡安西。——相當艱難。因為當時我所掌握的相關單詞只有「睡覺」、「昨晚」和「有」。至於如何完成這三個詞之間的聯繫與塡充，跟小學生解答三角函數一樣惶惶然。

結果，我成功了……接下來，我們倆都學會了「夢」這個單詞的漢哈發音，並開始交流這個詞的其他用法。

我一直努力使用哈語和大家交流。可這種努力每每總被卡西破壞掉。因為她也一直在努力使用漢語和我說話。

她要是說哈語的話，我就算聽不明白，好歹還能猜到些什麼，但要說漢語的話，我就徹底搞不清了。

總之，和卡西的交流在大部分時候都是失敗的。好在那也算不上什麼慘痛的事情。頂多那時你看看我，我看看你，冥思苦想，最後兩手一拍：「走吧走吧，還是放羊去吧！」結束得乾淨俐落。

卡西隨身帶著一本哈語學校初中第三冊的漢語課本。課本最後附有數百個單詞對照表，發音、意義、屬性倒是一目了然。但大都是沒啥用處的，如「欽差大臣」，如「拖鞋」，如「顯微鏡」，如「政治犯」。眞是的，游牧生活中怎麼會用到拖鞋呢？難怪卡西上了這麼多年學，啥也沒學到。

不過老實說，從我這裡，似乎也沒學到什麼像樣的……

很多時候我嫌麻煩，教一個「臉」字吧，半天都發不準音，於是改口教她「面」。「眉毛」兩個字她總是記不住，便讓她只記「眉」一個字。

她懷疑地問：「都一樣嗎？」

我說：「當然一樣了！」其實本來也是一樣的嘛，只不過……

很長一段時間，卡西學得非常刻苦。每當她從我這裡又學會了什麼新詞彙，立刻如獲至寶地記在小本子的空白處。

我說：「一天學會五個單詞的話，一個月後卡西就很厲害啦！」

她掐指一算，說：「不，我要一天學會二十個，這樣一個星期就可以很厲害了！」

我很讚賞她的志氣，卻暗自思忖：既然這麼愛學習，上學的時候都在幹什麼呢？好歹也讀了八年的書啊，怎麼就啥也沒學到？……我看過卡西的一張初二課程表。幾乎每天都安排有漢語課，而本民族的語文課，一星期卻總共就四節。

那個記錄單詞的小本子她從不離身，一有空就背啊背啊，嘴裡默念個不停：「香皂、肥皂、陰天、晴天、穿衣、穿鞋……」連傍晚趕羊回家那一會兒工夫也不忘帶上，一邊吆喝，一邊衝羊群扔石頭，一邊掏出書來低頭迅速看一眼。去鄰居家串門子也帶著，聊一會兒天，背一會兒書。

媽媽看她這麼努力，感到很有趣。兩人在趕羊回家的途中，會不停地考她。

媽媽指著自己的眼睛問：「這是什麼？」

卡西響亮自信地回答：「目！」

又指著嘴：「這個？」

「口！」

再指指對面的森林。

「木！」

如果卡西將來放一輩子羊的話，最好不過。否則，操著從我這裡苦苦學到的本領（正確但沒啥用處的本領）出去混世界……不堪設想。

有一次看到海拉提的女兒小加依娜脖子上掛著一枚小小的牙齒，就問那是什麼動物的牙。其實也是隨口一問，但海拉提和卡西兩個卻很慎重地湊到一起商量了半天，最後她用漢語回答道：「老虎。」

我嚇了一大跳。便用哈語問道：「不對吧，你是想說『狼』吧？」

「對對對！」卡西連忙點頭。

接下來我教會他們漢語裡「狼」的正確發音。

然而海拉提卻又問道：「那『老虎』是什麼？」

話音剛落，卡西立刻坐直了，準備搶先下結論。剛一開口我就喝止了她。雖說大膽發表意見是好事，但這個傢伙也太沒譜了。

可是關於老虎的問題，我自己也實在無法解釋……這時，突然看到海拉提家的小貓從旁邊經過，靈光一閃，就說：「老虎就是很大的貓！」

兩人愣了一秒鐘，卡西立刻恍然大悟狀，連忙對海拉提說：「阿尤，她是在說阿尤！」

我一聽，什麼嘛！「阿尤」是大棕熊！兩碼事嘛。但又不好解釋，畢竟說熊是隻大貓也沒錯……再看看他倆那麼興奮的樣子，大有「終於明白了」的成就感，只好緘默。哎，錯就錯下去唄，幸好新疆是沒有老虎的，保管他們一輩子也沒機會用上這個詞……

後來的好幾天裡卡西一有空就念念有詞：「老虎，阿尤，阿尤，老虎……」——把它牢牢記在了心裡。真愧疚。

較之我的陰險，卡西的混亂更令人抓狂。

記得第一次和卡西正式交談時，我問她兄弟姐妹共幾人。

她細細盤算了好久，認真地問答說有四個，上面還有一個十九歲的姐姐阿娜爾罕，還有兩個哥哥。

當時可可還沒有離開這個家庭。我看他還很年輕，就問：「可可是最小的哥哥嗎？」

她確鑿的說：「是。」

我又問，可可結婚了嗎？

同樣地確鑿：「是。」

結果，第二天，一個婦女拖著兩個孩子來家裡喝茶。她向我介紹道：「這是我的大姐姐！」

我說：「那麼你是有兩個姐姐，兩個哥哥是嗎？」

她極肯定地稱是。

我又強調地問道：「那麼媽媽一共五個孩子？只有五個孩子？」

她掰著指頭算了一遍，再一次點頭確認。

又過了一段時間，又有一個年輕一點的女性抱著孩子跟著丈夫來拜訪。卡西再次認眞地介紹：「這是第二個姐姐。」

天啦！——「那媽媽到底有幾個孩子啊？」

「六個。」

後來可可回到了戈壁灘上，斯馬胡力接替他來放羊。我一看，斯馬胡力怎麼看都比可可年輕多了，不像是老大。一問之下，才二十歲呢。私下飛快地計算一番：就算弟弟可可只比斯馬胡力小一歲，也只有十九歲，十九歲的年紀上就結婚三年，媳婦懷兩次孕了？

大大地不對頭！於是我就逮著這姑娘盤問：「你好好地和我說，他們倆到底誰大啊？」

卡西反倒莫名其妙地看著我說：「當然可可大了，可可都結婚了，斯馬胡力還沒結婚嘛！」

反倒認爲我是個傻瓜。

有一次卡西想問我媽有多大年紀，爲此眞是煞費苦心。問之前醞釀了足足一分鐘之久才愼重地開口：「李娟，你知道的嘛，我的，那個，今年的十五，就是十五的那個的那個，對嗎？」。

我想她是在說她今年十五歲了，於是回答：「對。」

她又說：「我的媽媽，四十八，知道嗎？」

「知道。」

「那個，斯馬胡力，二十，那個。對吧？」

「對？」

「好——」她一拍巴掌，「那麼，那你的媽媽？也是那個的那個呢？」

我雲裡霧裡。

她又指天畫地拉七扯八解釋了老半天。最後，我試著用哈語問道：「你是想問我媽媽有多大年紀對吧？」

她大喜，也用哈語飛快地說：「對對！那她多大年紀了？」

我還沒回過神來，斯馬胡力和札克拜媽媽已經笑倒在花氈上。

接下來她又想告訴我，她的外婆活到九十九歲過世。但她只知道「九」這個單詞漢語怎麼說，卻不會說「九十九」。她爲此再次絞盡了腦汁，最後一塌糊塗地開了口：「我的，媽媽的媽媽嘛，九九的九九嘛，死了！」

「九九的九九？」我想了想，用哈語問她：是『九月九日』還是『九十九』？」

她說是「九十九」。

我又問：「什麼九十九啊？」

於是她還得告訴我那個「歲」字，又陷入了一輪艱難跋涉之中：「李娟，你知道，我，十五，那個；斯馬胡力，二十，也是那個；我的媽媽嘛，四十八，你知道那個嘛！我的媽媽的媽媽嘛，九十九的，那個——那個是什麼？」

我用哈語說：「你是說九十九歲嗎？」

大家又笑翻一場。

儘管如此，很長一段時期內，她堅持用鬼都扯不清的漢語和我交流，不會說的地方統統用「這個」、「那個」或「哎呀！」塡補之。

好在之前有說過，我聰明嘛，又在一起生活久了，猜也猜得到她在什麼樣的情況下要說什麼的話。

於是大家都叫她「亂七八糟的卡西」。

老實說，其實卡西也有許多厲害的表達，比如有一次我問她爲什麼上花氈不脫鞋子，多髒啊。她用哈語回答了句什麼，我沒聽懂，於是她又飛快地用漢語說道：「腳不香！」……

「香」是前不久剛教會給她的。她很喜歡使用這個詞。後來在夏牧場上，當我們走進森林時，她會幸福地自言自語：「香啊……」

每當飯做好了揭開鍋蓋時，她也會大喝一聲：「香！」

城裡的姑娘阿娜爾罕

在我們搬到塔門爾圖的第四天黃昏，卡西帕終於盼來了親愛的小姐姐阿娜爾罕。十八歲的阿娜爾罕，從天而降般突然出現在荒野中，紅色的T恤，乾淨的皮鞋，明亮時髦的包包，笑意盈盈。我還沒反應過來，正在遠處曠野上騎馬趕羊的卡西帕立刻向家跑來，一面快馬加鞭，一面大聲呼喊。到了近前，她跳下馬就衝過來抱住阿娜爾罕，然後解下脖子上的一串瑪瑙項鍊掛在小姐姐脖子上。而這串項鍊是我不久前剛從自己脖子上解下送給她的，那時她喜歡得快要哭了。而此時也高興得快要落淚。姐妹倆一年多沒見面了。

因為阿娜爾罕穿著紅色的T恤，卡西帕立刻也換上了一件紅T恤。然後兩人牽著手去見爺爺。這片荒野多麼適合紅衣人歡樂地走過啊！看著這幕情景，我簡直也想找件紅衣服穿穿。

和阿娜爾罕一同來到塔門爾圖的還有沉默寡言的沙阿爸爸。他一到家，沒顧上休息，也沒和札克拜媽媽多說一句話，就立刻套了一匹馬駕向荒野深處，接替卡西帕去趕羊回家。

往年這個家庭北上夏牧場時，是由爸爸管理羊群，長媳——可可的老婆主持家務。斯馬胡力和札克拜媽媽留在烏河邊的定居點管理草料地。但今年爸爸生了重病，可可媳婦也即將分娩，於是機構重組了一番。

沙阿爸爸神情平淡，穿著舊而整潔的長外套，戴一頂舊便帽。身架寬大，卻非常消瘦。當他騎著馬，垂著鞭子，慢慢走在大地上，去向遠處的羊群——好像只是剛剛離開自己羊群一分鐘，而不是大半年。

這次爺爺分家，算是一樁很大的家族變動。卡西說爸爸是趕來參加拖依的（可是已經結束了啊？）。而阿娜爾罕之所以遲遲不回家，原來是爲了等爸爸一起出發。

我們臨時的「打結兒氈房」非常小，只支了三個房架子。大家坐在一起喝茶時，擠得滿滿當當。於是都說：「斯馬胡力可別回來啊。要不然晚上怎麼睡！」斯馬胡力前天到阿勒泰市看病去了，估計這兩天就回家。

可到了晚上，這小子還是回來了。於是我們六個人一個挨一個擠得緊緊地睡覺。其中一個人翻身時，所有人都得一起跟著翻。

有阿娜爾罕在的這兩天，卡西無論幹什麼都要拉上她同去，形影不離，整天呱啦呱啦說個不停。從白天說到晚上，直到吃完飯了，熄燈了，鑽進被窩了，還停不下來。並且越說越興奮。直到黑暗中媽媽呵斥道：「快點睡覺！」才立刻噤聲。但不一會兒，又有壓低嗓子的聲音在黑暗中蠕動：「你知不知道啊，那個……這個……」沒完沒了。

涉及驚人的話題時，卡西就顧不了那麼多了，在黑暗中驚雷般大喊道：「什麼！你說吉恩斯古麗的姐姐又跟他結婚了？」

媽媽便再次抗議：「睡覺！」然而過了兩秒鐘，媽媽也忍不住驚歎：「吉恩斯古麗不是剛和他離婚嗎？」

這時，斯馬胡力深沉的聲音幽靈一樣浮現：「她倆是雙胞胎，長得一模一樣，何必要離這個婚，結那個婚呢？」

原來大家都沒睡著，都在聽。

白天放羊時，阿娜爾罕也跟著一起去，興致勃勃地幫著吆喝。

我問卡西：「爲什麼阿娜爾罕不和我們一起放羊？」

卡西說：「因爲阿娜爾罕不會騎馬。」

話剛落音，阿娜爾罕駕馬從身邊疾馳而過，對直衝上遠處的沙丘。

我指著她的背影：「這個……」

卡西連忙又說：「她有時候會騎，有時候不會。老從馬上掉下來。」

我心想：什麼不會騎馬啊，明明不願放羊，想脫離艱辛的游牧生活，就裝不會騎。

阿娜爾罕來的那天下午，我也剛從縣城回來不久，買了一堆東西。但由於斯馬胡力不在，母女倆忙得一塌糊塗，便一直沒來得及獻寶。晚餐時，我才拆了各種包裝袋給大家一一過目。除了一些蔬菜和日用品，還有三份涼皮。原本是媽媽、斯馬胡力和卡西帕一人一份的（沒想到沙阿爸和阿娜爾罕會來）。但姐妹倆一見大喜，立即各取一份吃了起來。我有些不樂意。阿娜爾罕真不懂事。她自己就生活在城裡，吃涼皮很方便的。而家裡人終年在荒野中流浪，吃一次外面的食物多不容易啊。

但媽媽毫不介意，看著兩個女兒腦袋湊在一起吃得那麼香美，便很欣慰的樣子。連稱自己牙疼，胃疼，不能吃。沙阿爸爸是莊重嚴肅的人，自然也拒絕吃。而斯馬胡力又不在家。於是，兩人各吃完一份後，把斯馬胡力那一份也分吃了。

誰知剛吃完，斯馬胡力就回來了。奇怪的是，平日裡這個嘴巴最饞最霸道的傢伙同樣也不介意，高高興興地看著兩個妹妹吃，不時地問這問那。

後來才知，阿娜爾罕雖然在城裡幹活，用卡西帕的話說，「在房子裡幹活」，不用風吹雨打，但也非常辛苦。她在一家餐廳打工，每天揉麵、洗菜、洗碗，不停地打掃，從早幹到晚，吃住都在店裡，很難出門逛一次街。一年到頭，只有古爾邦節前後才給放十天假。

老闆每個月給阿娜爾罕三百塊工資。三百塊錢不算太多，但總是一筆收入。一年下來，也能賺回家幾隻綿羊呢。再說，像阿娜爾罕這樣沒有技術沒有學歷的女孩，進了城，能找到一份工作就算很幸運了。況且又是「房子裡的活」，總比放羊舒適多了。

媽媽歎息：「可惜阿娜爾罕不會騎馬，要不然一起上山。」斯馬胡力也這麼附和。

阿娜爾罕對此不做任何回應，只是平靜地喝茶。

阿娜爾罕五官圓潤秀氣，模樣隨札克拜媽媽，但更多了些聰明相。雖然有些胖，但由於個子高、腿長，胖得還算勻稱挺拔。頭髮一大把，又黑又亮，緊緊地編了一根大辮子垂在腰上。額前的碎髮紮成束又扭了一下，用一枚紅色小髮卡別在頭頂上，微微聳起，顯得小有洋氣。手腕上繞了一長串五顏六色的塑膠珠子。因爲她的雙手很少幹粗活與重活，很是清潔光鮮，紅潤透亮，就算戴著廉價貨也顯得美好又精心。要是那串鏈子戴在我和卡西這兩雙傷痕累累的、指甲粗糙開裂的、髒得怎麼洗也洗不乾淨的手上，一定俗氣了。

作爲在城裡生活的姑娘，阿娜爾罕早上洗完臉後還要化妝的。照我看，化得也太濃了，抹牆一樣地塗粉底，硬是把紅撲撲的臉蛋搞成鐵青色。眉眼更是描畫得深不見底……但這有什麼不應該呢？連頗爲保守的札克拜媽媽和嚴肅的沙阿爸爸都對此不置可否。我猜想，對於這個獨自生活在城裡的女兒，渾身散發著深暗的香氣的女兒，也許已經有些陌生了的女兒——夫妻倆大約是稍帶敬意的。畢竟自己放了一輩子羊，從來不敢設想離開羊群後的生活。但這個女兒卻能。她從容地立足於寬廣的陌生之中，生活得看起來有條有理。她更像是這個傳統家庭小心地伸往外部世界的柔軟觸角。大家都暗地裡欽佩她，信任她，並且微妙地依賴著她。

老實說，阿娜爾罕的妝容雖說粗糙又蹩腳，奇怪的是，非但沒有扭曲她的容貌，反倒催生了奇異的鮮活氣息。況且化妝畢竟是能給女性帶來自信的事，阿娜爾罕便總是有著坦然健康的神情。

阿娜爾罕在城裡已經有了男朋友。但與一些遠離家庭的輕浮姑娘不同，這種交往是得到雙方家長的認可的，是以結婚爲目標的。據說對方是個非常漂亮聰明的男孩子，出自貧窮的農民家庭，也在城裡打工。

阿娜爾罕也許有些小小的虛榮和野心，但對於自己簡陋寒酸的家（還是「打結兒」的）毫不介意，一有空閒便四處收拾房間，洗洗涮涮，就像很久很久以前那樣……那時的阿娜爾罕還是個平凡懵懂的鄉野姑娘，對外面的世界嚮往又害怕。那時她終日埋首家務，努力幫助母親經營家庭。那時她可能還沒有作出離開牧道、進城打工的決定。卻和此時一樣，心靈安然，對生活有長遠、踏實的考慮。

阿娜爾罕只在塔門爾圖呆了兩天。請這兩天假是很不容易的，因此時間一到就得趕緊回城。出發前，姐妹倆最後在一起做的事情是洗頭髮。在戈壁灘上才住了兩天，頭髮上就裹了厚厚的灰土（誰教她往頭髮上澆那麼多頭髮油……）。阿娜爾罕不願意灰頭土臉地回到城裡。於是姐妹倆腦袋湊在一個盆裡揉肥皂沫，又嘻嘻哈哈地互相澆水。再坐在一起互相梳頭髮。兩個黑亮頭髮的紅衣姑娘啊，荒野裡珠圓玉潤的歡聲笑語……

那天我們步行了幾公里，穿過荒野把阿娜爾罕送到公路邊等車。告別時，卡西很悲傷，阿娜爾罕卻一如既往微笑著，像最聽話的孩子那樣一遍又一遍答應著媽媽的重重叮嚀。

沙阿爸爸卻同我們一起生活到羊群離開塔門爾圖的最後一天。那天他和斯馬胡力一起冒雨裝好駱駝，集中羊群。然後站在拆除氈房後的圓形空地上，目送我們的隊伍漸漸遠去。

駱駝的事

有一次我牽駱駝回家的時候，不小心被駱駝踩了一腳。

牽駱駝，並不是說駱駝身上繫了根繩子讓你去牽，而是像挽男朋友一樣，挽著牠的脖子往前走。駱駝雖然個子高脖子長，但脖子在胸以下拐了一個大大的彎，剛好和人上臂平齊，挽起來再方便不過了。

我覺得很有趣，便挽著牠在草地上東走西走的。然後，我的右腳就被牠的左前腳踩住了……

駱駝的四個巨大的肉掌綿厚而有力，像四個又軟又沉的大盤子一樣，一起一落穩穩當當。馬蹄是很硬的，可以釘鐵掌，駱駝蹄子就不行了，掌心全是肉啊。

總之就被這樣一隻腳掌踩住了。我可憐的腳……它曾被各種各樣的腳踩過，還從沒被駱駝踩過呢。整個腳背被盤子大的肉掌覆蓋得嚴嚴實實、滿滿當當。疼倒不是很疼，就是太沉重了，壓得人快要抽筋。

我使勁地推牠，紋絲不動。想想看，我怎麼可能推得動一峰駱駝！

我又使勁地拔，哪裡拔得出來！

牠倒像是就這麼踩著蠻舒服，任我怎麼折騰，脖子都不衝我扭一下。

我只好大喊大叫起來，卡西趕緊跑來，拍了幾下駱駝屁股，牠老人家這才抬起腳不慌不忙走開了。我終於得救。

駱駝是最有力量的事物了，我們多麼依賴駱駝啊，沒有駱駝的話，逐水草而居的生活中，牧人根本寸步難行。

但是駱駝自己呢，卻從不曾爲此有背負過什麼自豪感和責任感。作爲運輸工具，牠搬了一輩子家、馱了一輩子貨物，也沒能掌握住基本的工作方法，一定要被人死死盯著才不會闖大禍。別看牠一幅任勞任怨的模樣，往牠身上掛多少大包都一聲不吭，低眉順眼。可一旦走起路來，什麼都不管不顧。還故意裝糊塗，忘掉自己身上還馱著一大堆東西似的，明明寬敞的路，卻非要緊緊擦著路邊的大石頭走，有時還故意像蹭癢癢似的蹭來蹭去。於是，每搬一次家，我們就會損失很多物什：一個好好的羊毛口袋磨穿一個大洞，裡面裝的鋁鍋給擠成一團大餅，洗手壺撞丟了蓋子，鐵皮爐子擰成了麻花，煙囪從立體變成平面……但怎麼能去怪牠呢，畢竟牠那麼辛苦。

當駱駝在大雨裡負重爬山時，腳下稍一打滑就四腿劈叉，像人劈叉那樣張開左右的腿往兩邊大大地趴開，得拚命掙扎才能重新收回腿站穩腳。那情景雖然滑稽，但看的人實在笑不起來。雨那麼大，天那麼冷，駱駝萬一倒下了，該多麼悲慘！那樣的話大家差不多都完蛋了。

搬家的時候，路那麼陡，好多地方駱駝得掙扎著才能爬上去。牽駱駝的人扯著韁繩拉啊拉啊，後面還有人拚命踢牠屁股。牠邁起一隻蹄子踩向高處，然後渾身一抖，用盡全身力量把背上的重負猛地頂了起來，剩下三隻蹄子趕緊跌跌撞撞跟上去……總算過了一道坎。但牠的鼻子被韁繩狠狠地扯破了，血一串一串流了下來。

再想想看，最最堅強的駱蛇，卻有著最最柔軟的鼻孔。於是，往鼻孔裡插一根木棍就能完全控制住牠，眞是可憐。

而最最堅強的駱駝也是會撒嬌的。撒嬌的方式和小狗一樣，那就是，滿地打滾……小狗那樣做的話是極可愛的，但如果換成駱駝這樣的龐然大物，就有些恐怖了。只見牠側臥在草地上，不停擰動身子，滿地打轉。然後又努力四蹄朝天，渾身激烈抖聳，地皮都震得忽閃忽閃的。被牠的身子碾過的地方，草地破碎，泥土都翻了出來。卡西連忙過去把牠轟開。眞是的，我們打結兒的氈房都快給震垮了。

後來才知，牠並不是在撒嬌，而是因爲身上有蟲子叮著甩不掉，癢得難受，只好在地上滾來滾去。

荒野生活總難免和一些毒物打交道。在吉爾阿特時，我有一次在阿勒瑪罕姐姐家門口看到一個蠍子，不大，呈半透明狀，陽光下詭異莫名地靜止著。阿依橫別克把它打死了。

後來從吉爾阿特搬離的前一天，在拆去的氈房牆根下又發現了一個特別大的，黑乎乎，毛茸茸。卡西當時立刻後退幾步，拾起石頭砸中了它。當時一想到幾個禮拜以來夜夜都在和這個東西同床共枕，不由毛骨悚然。

在塔門爾圖，卡西表哥家有一個孩子不知被什麼東西在脖子上咬了一口。頓時，那裡的血管像蚯蚓一樣一路浮了起來，呈醬色，又粗又長，彎彎曲曲一大截，非常嚇人。

還有一次，卡西的下巴不知被什麼小蟲子咬了幾口，紅腫了一大片，整個下巴翹了起來。同時，我胳膊也給咬了一口，腫得老大。

我們一致猜測是被窩裡有什麼東西，於是白天裡全家人把所有被褥抱到太陽下一寸一寸尋找。果然找出來一隻草鱉子……

我給駱駝剪毛時，割開又厚又濕的毛髮，也曾在肉發現過許多這種蟲，把它們從肉裡摳出來之後，那一整塊肉都是爛的，紅腫了一片。

草鱉子是一種很可怕的毒蟲，我很小的時候曾不小心招惹過，那個痛啊，不堪言喻。外婆脖子後面也被咬過一次，雖然當時被我及時摳出來了，但由於她上了年紀（當時快九十了），抵抗能力差，後腦勺那兒很快腫出一個雞蛋大的疱來。不久人開始發高燒，說胡話，情形非常危險。後來送進城裡，打了一個多禮拜的吊針，又過了一、兩個月才痊癒。

有一天閒下來時，坐在家門口做筆記，突然發現一個草鱉子正爬在腿上，嚇壞了，連忙把它用筆尖戳掉。想了想，又用筆頭撈起來，仔細觀察了半天。這種蟲像是隻死蟲子一樣，乾枯、扁平，似乎沒一點水分。不仔細分辨，還以為是枯萎的植物碎屑。眞是防不勝防。媽媽說這種蟲羊身上最多。羊可眞可憐，生著那麼厚的皮毛，最容易窩藏兇險了。而且又沒長手，自己又逮不著，弄不掉。

不過好在羊的後腿很長，至少還可以把後腿伸到腦袋旁邊撓撓耳朵，撓撓脖子。尤其是小山羊，撓癢癢的時候最可愛了，長長細細的腿，站在那裡穩當又俏麗。當牠的後腿橫過整個身子撓耳朵的時候，還會側過臉飛快地撥弄一下腦門的劉海，淑女似的。

駱駝就一點辦法也沒有了。

駱駝生著龐大的、圓滾滾的肚子，腿卻那麼纖細，膝蓋處一折即斷似的。假如駱駝也抬起一條腿撓癢癢的話，剩下三條腿肯定支撐不了幾秒鐘就啪地被大肚皮壓劈叉了。

於是只好努力滿地打滾。可憐……

但在過去，一點也不能瞭解駱駝，雖然牠們經常三三兩兩地在家門口閒轉，但離我們的生活無比遙遠。

小時候，每當我們一靠近駱駝，大人就嚇唬說：「小心牠吐你！」神情嚴肅得不得了。比說「小心馬踢你！」「小心狗咬你！」還要鄭重。於是我們總是很怕駱駝。

但又實在不能明白駱駝「吐人」是什麼意思。馬踢人啊，狗咬人啊，這些都好說。但吐人有什麼可怕的呢，是朝人吐口水嗎？爲什麼要害怕口水呢？爲什麼連大人都怕呢？……現在終於明白了。

原來駱駝大約和牛一樣，也反芻。不停地把胃裡的東西嘔出來反覆細嚼，喉嚨裡「咕咚咕咚」的水流聲響個不停。至於牠嘴裡的東西，就更可怕了，我從來不知道草進了肚子後竟成了這個樣子，黏乎乎的，黃綠色的，就好像……一樣。牠一邊嚼，一邊打量四面情形，看誰不順眼，就轟然一口噴薄而出，爆發力不遜於紅孩兒的三昧眞火，吐得對方從頭到腳一大攤子又腥又黏的好像……一樣的漿液……這一招太毒了。

我曾經有一次看到斯馬胡力被吐得一張臉上只剩兩個眼睛在轉。

最不講道理的是小駱駝，沒人惹得起。牠們從沒穿過鼻子，沒上過轡繩的，過慣了東遊西蕩的生活，根本不服管束。斯馬胡力給牠剪毛，明明是爲牠好，這麼熱的天。可牠一點也不領情，逮也逮不住。逮住後，還沒把牠怎樣，就齜牙咧嘴地梗著脖子，喊叫得氣貫長虹。

斯馬胡力甩繩圈套住了牠的脖子，這小駱駝脖子一梗，拽著韁繩，拖著斯馬胡力滿世界跑，邊跑邊回頭衝他吐口水。斯馬胡力只好一手擋著臉，一手拚命扯住繩子不放。那情景實在有趣。讚歎一下，駱駝吐得可眞準！「氣！」的一聲，又疾又準，勢不可擋。私下一定經常練習來著。

不過斯馬胡力對付駱駝吐唾沫也有一招，那就是逮到牠之後，趕緊用繩子把牠的嘴一圈一圈纏住綁緊。誰教牠的嘴那麼長，很容易就被綁得死死的，氣得渾身發抖。

駱駝流口水的模樣也很奇怪，一縷一縷從嘴角細細長長地垂披下來，卻怎麼也斷不了。絲絲縷縷，隨風飄揚，跟蜘蛛吐絲一樣。

另外駱駝小便的時候也很有意思。牛啊馬啊羊啊小便的時候都像瀑布一樣暢快，駱駝卻淅淅瀝瀝、時斷時續，尿啊，尿啊，患了尿路結石一樣，半天都尿不完，讓人看著都著急。

怪不得駱駝是抗旱耐渴的模範，連小便行爲都是如此珍惜地進行著的。駱駝是運輸工具，但有時也會成爲交通工具。騎駱駝雖然沒騎馬那麼舒適，但高高在上，威風極了。但無論如何，總歸沒有騎馬那麼體面。當我和卡西騎著駱駝出門辦事，若迎面遇到熟人，她立刻裝作沒看見的樣子扭過頭去。

最後一件關於駱駝的事是：後來進了夏牧場，水草豐盛，所有駱駝的駱峰都直了起來，又尖又硬。只有我家的仍東倒西歪著，太不給面子了。

孩子窩的塔門爾圖

在塔門爾圖原野上，地勢舒展，微微起伏。我們的駐紮地附近只有一個使用過很多年的石頭大羊圈，三家人——應該是四家人才對，因爲爺爺家剛分家麼——的羊便混在一起牧放。加在一起，光大羊就一千五百多隻呢！卡西帕說爺爺家和他的大兒子家的羊最多，共一千多隻大羊（怪不得要分家）。努爾蘭家（爺爺家之前分出去的孫房）也不少，三百多隻大羊。就我家羊最少，只有一百多隻大羊……

再加上一千多隻大大小小的羊羔，每到傍晚時分，趕羊歸圈的場面眞是無比壯闊。羊群浩浩蕩蕩停滿了一大片傾斜的空地，幾家人全部出動，小孩子們也跟著跑前跑後大呼小叫地幫著助威。

羊圈入口處，斯馬胡力和堂兄努爾蘭不停地踢開硬要跟著自己的寶寶衝進來的大羊，還要時不時揪住一隻欲要趁亂躍出旁邊石欄低矮處，想衝進大羊群裡尋找媽媽的小羊……忙得不可開交。

羊圈四面有好幾處豁口，這些豁口到了第二天早上全都作爲門，向四面八方疏散羊群。但入圈的時候，卻只能有一個入口，以方便分開大小羊。

每一處豁口都守著一個持長棍的人，防止已經入圈的小羊逃竄出來。等小羊完全入圈後再用木頭、石頭、破輪胎之類的物什把那些豁口牢牢堵住。

小孩子們則想法子把領著自己的羊羔突破重圍的大羊趕回隊伍裡，再強迫牠們從斯馬胡力和努爾蘭兩人身邊經過。孩子們雖然人小個兒矮，但聚成一堆也頗爲聲勢浩大。一大群呼呼啦啦地來來去去，又喊又叫，震懾個把羊還是沒問題的。

開始大家也給我分配了一處據防。但是眞不幸，我往哪兒一站，羊群就立刻試著往哪兒突圍。連羊都能看出我是業餘的……

於是大家又分配給我另外的重要任務，就是帶孩子，帶那幾個最小的奶孩兒。勞動時刻，所有的母親也投入了戰鬥，沒空打發他們。

我牽著兩個，抱著一個，站得遠遠的，看著大家緊張地忙乎。一邊不時大聲招呼趕羊的小孩小心一點，不要亂跑，不要摔跤。哎，眞操心。

牽著的孩子都兩歲左右，呆頭呆腦地流著鼻涕。懷中的女嬰頂多一歲光景，柔弱而漂亮，被交到陌生人懷裡卻一點也不哭鬧，安安靜靜地凝視著我。

小羊全部入欄之後，還要再數一遍羊。大家先把大羊聚集起來，然後趕著牠們排成隊從斯馬胡力和努爾蘭兩人間通過。兩人嘴唇嚅動，全神貫注。孩子們也站在一旁紛紛默數，一個比一個緊張認眞。等最後幾隻羊完全通過後，孩子們爭著報自己的數字，能和大人的數字對上的那一個就默默地得意。

然而一連數了兩遍。大家議論了幾句，都安靜了下來，一個個站在暮色裡一動不動，過了很久都沒人回家。後來一個個乾脆就地坐下，繼續長久地靜默。直到太陽完全落山，天色很暗了，仍然沒人起身回家。是在等待著什麼嗎？連負責晚飯的主婦們也一動不動站在那兒，一聲不吭。偶爾有一、兩隻羊「啊啾、啊啾」地咳嗽著，咳得跟人一樣。

看到大家肅靜的樣子，我想，可能又丟羊了。

這時，男人們起身，又把大羊聚往一處數了一遍。

突然，身邊的努爾蘭小聲說道：「明天有大雨。」

我向依舊明亮的西天看了看，那裡有一團很奇怪的雲層在天邊漾開。難道這就是大雨來臨前的徵兆？

這時，卡西果然告訴我說，丟了一隻羊。

眞厲害！大大小小兩、三千隻羊，丟一隻都能發覺。

前幾天丟了一小群羊，大家都沒這麼凝重過。大約丟一隻比丟一群更危險吧？加上大雨即將到來，大家即將啓程搬家。

當人們終於起身，拍去身上的塵土，陸續往家走去，天色已經很晚了。沒有星星也沒有月亮。我卻抱著一個，牽著兩個，不知該送還給誰。

只好一家一家上門打聽。收到孩子的人家都很高興。

第二天靜悄悄的，一點雨也沒有。我遇到努爾蘭了，就拿這事取笑他。

然後又問他：「那麼，明天還下不下雨？」

他很不好意思地說：「我再也不和你說了。」

一開始，努爾蘭並沒給我留下什麼好印象，因爲趕羊時他居然用摩托車廢棄的內胎抽打羊！眞可惡，像別人一樣拿棍子敲一敲也就罷了，用內胎的話多疼！也給了孩子們一個壞榜樣。我大聲禁止他這麼做。他只是哈哈大笑，不以爲然。趕完羊，他把內胎隨意丟在荒野空地裡，於是我悄悄拾走藏了起來。

那天抱在懷裡的女嬰就是努爾蘭的小女兒，果然才一歲大。小傢伙五官全是小號的，豆子眼，豆子嘴，豆子鼻，全都圓溜溜的，非常可愛。然而，雖小巧卻不靈活，無論何時何地看到她，要麼坐那兒一動不動，要麼就躺那兒一動不動。小手整天冰涼冰涼的，也不知父母怎麼養的。

努爾蘭和馬吾列一樣，也是做生意的。在牧業地區做生意無非就是賣些麵粉和糧油，收購羊毛和駝毛。但努爾蘭家的生意明顯比馬吾列做得大，他家的氈房豪華得可以進民俗文化博覽會當樣板間了。他家還有一輛輕卡汽車，因此搬家時不用裝駝隊。

因爲囤積了大量麵粉，努爾蘭家養了一隻貓用以避鼠。但這貓咪和他家小女兒一樣小得可憐，巴掌心大小，抖抖索索臥在被堆上，不留意的話根本看不見。後來轉場時，貓咪是和小傢伙一起塞在搖籃裡帶走的。

努爾蘭教育孩子持鐵血政策，一點也沒耐心。有時候他媳婦不在家，孩子哭得震天響，他就跑到我家氈房來，要卡西跟他走一趟。過不了多久，卡西就把他的孩子抱回家來了。於是孩子換到我家繼續哭，他眼不見心不煩。

努爾蘭有三個孩子，剛好完成指標。

卡西的叔叔子女很多（第一天和卡西在一起的那個文靜女孩是最小的），孫子孫女就更多了，加上這幾天拖依，親戚家也來了不少小客人。於是白天裡，氈房前後到處都跑著小孩，年齡相差不了一、兩歲，兩、三歲，性別統統不清不楚，模樣也很近似，長相統統偏向自己的奶奶——卡西的嬸子。卡西的嬸子其實也很漂亮體面的，但和札克拜媽媽的圓潤柔和不一樣，她屬那種尖銳的漂亮——單眼皮，白膚色，長手長腳。孩子們也一個比一個面孔尖銳。看慣了胡安西和沙吾列那種渾厚圓滿的美麗，再看這群吱吱嘰嘰的小傢伙，眞有些不順眼了。

至於到底有幾個孩子，我仔細數過好幾遍都沒能數清。他們長得都太像了（我覺得至少有一對是雙胞胎），況且總是不停地跑來跑去。

孩子多的地方，跟鴨棚似的，又喊又叫，又哭又笑，鬧得不可開交。也從沒見有大人出面調解。

對於新到的我們這一家，孩子們都深感興趣。天天圍著我家臨時的小氈房竊竊私語，議論我是誰，又議論斯馬胡力打不打人。還以爲我們都聽不到。

膽大的孩子會直接跑到我家門口站著，直直地往屋裡看。

有一個小男孩最坦率，他不但衝屋裡看，還衝大家笑。看上去比沙吾列還小，走起路來歪歪扭扭。穿著過大過肥的紅褲子——有趣的是，不但裡外穿反了，還前後穿反了，並且一直垮到了屁股蛋上。卡西招手讓他進來，他傻笑著不幹，還往後退。卡西揚了揚一粒糖果，他立刻喜笑顏開，一步三滾地衝進氈房，伸手要糖。然而卡西又把糖緊攥在拳頭裡，問他叫什麼名字，問他多大了。等逐一得到了回答，這才給他吃。卡西是喜愛孩子的。

斯馬胡力卻大大咧咧，跟我一樣總是搞不清誰是誰。我問二姐沙勒瑪罕的小女兒叫什麼名字，迅速答曰：「沙吾列。」我很吃驚，說：「怎麼和阿勒瑪罕姐姐的女兒一個名字？」他連忙「哦哦」地糾正：「不是，這個是阿銀，是阿依地旦！」又解釋道：「樣子差不多嘛！」

哪裡差不多，簡直差遠了！眞是的，虧還是舅舅呢。

阿依地旦在所有的孩子中最小了，不滿周歲，得借助學步車才能四處活動（不愧有個開店的爸爸，牧人的孩子誰能用得上學步車啊？）。但戈壁灘又不是大廣場，地面上又是石頭又是坑的，因此小傢伙不停地翻車。孩子們一聽到小阿銀的哭聲，就爭先恐後跑去幫著把車扶起。大人則哈哈大笑。

後來大人們乾脆把學步車用繩子拴在空地間的一塊大石頭上。於是，小傢伙的活動範圍只有以石頭爲中心，以兩公尺長的繩子爲半徑的圓圈那麼大。恰好不遠處有一隻剛出生的小羊羔，也被拴了起來。兩個小傢伙都看到了對方，想努力地靠近，但各自的繩子都太短了！那情景眞淒慘。

一個大孩子很壞，手持一截紅毛線，站在一公尺外逗引小阿銀去取，還不時衝她擠眉弄眼地吐舌頭。可憐的小阿銀，伸手搆了又搆，哭了又哭。她一定委屈地想：我的世界太小了！

最大的兩個孩子負責照顧最小的三個孩子。而中間的那幾個不大不小的傢伙則完全是自由之身，每天最主要的任務就是想法子打發時間。於是兩個大孩子背著抱著牽著三個小不點，跟著幾個閒孩子到處跑，辛苦卻無怨無尤。

幾隻小羊羔（剛出生沒幾天，養在房前房後，還沒有加入羊羔群裡）也是孩子們的夥伴。大家非要給羊戴帽子（那個帽子之前戴在一個破鼻子小傢伙頭上），但羊誓死不從。於是大家有的按著羊背，有的抱著羊頭，有的把帽子死死扣在羊腦袋上，還有一個在附近野地上到處轉著圈亂跑，想撿一截破繩子。後來有人貢獻出自己的鞋帶，大家大喜，用鞋帶把帽子緊緊綁在了羊頭上。「戴」好帽子，大家一鬆手，小羊撒腿就跑，邊跑邊用力地晃腦袋，想把頭頂上那個怪東西晃掉。大家一起追著羊跑，大呼小叫，讓人覺得普天之下再沒有比這個更了不得的事了。而此間一直下著雨，大家淋著雨做這件事，又可見這件事對大家來說多麼重要。

突然想到，努爾蘭說準了，眞下雨了。

那幾個大氈房平日都燒柴禾，只有我家仍然燒牛糞。再去荒野拾牛糞時，就無論如何也坦然不起來了。總覺得有人在遠處深深地看你……於是每次我都走得很遠很遠，一直走到地勢起伏之處，擺脫了氈房群的視野後才開始拾撿。但孩子們卻怎麼也擺脫不掉，一直頑強地尾隨在後。不過在他們面前倒沒啥可害羞的。況且，大家還會幫著我一起撿，顯得熱心又開心。

在這沉寂的大地中，身邊花朵一樣環繞著新鮮歡樂的生命。他們一定是神奇的。

我忍不住問其中一個較大的孩子：「明天還會下雨嗎？」

他向西方看了看，說：「不知道。」

羊的事

在塔門爾圖春牧場，一隻母羊死了。卡西帕告訴我，牠犯了胸口疼的病。說著，還按住自己的胸口做出痛苦狀。真是奇怪，她是怎麼知道的？羊怎麼告訴她的？爲什麼就不是死於肚子疼或頭疼呢？

而失去母親的小羊剛出生沒多久，又小又弱。卡西把她從羊羔群裡逮出來單獨養進了氈房。札克拜媽媽不知從哪兒找來一隻奶嘴兒，往一隻礦泉水瓶上一套，就成了奶瓶。然後把小羊摟在懷裡給牠餵牛奶。

雖然小羊被直立著攔腰摟抱的姿勢非常不舒服，但牛奶畢竟是好喝的，於是牠站在札克拜媽媽膝蓋邊（只有兩條小後蹄能著地……），一聲不吭，急急啜吮，足足喝了小半瓶。然後從媽媽懷裡掙扎出來，滿室奔走，東找西瞅，細聲細氣地咩叫著。想要離開這奇怪的地方。

我們在牠脖子上拴了繩子，不許牠出門。每天都會餵兩、三次牛奶。哎，日子過得比我們還好，我們還只有黑茶喝沒奶茶喝呢。

然而，悲慘的事情發生了。直到第三天，大家才發現搞錯了：死了媽媽的不是這一隻，是另一隻……三隻羊的痛苦啊！一隻想媽媽想了兩天，一隻想孩子想了兩天，還有一隻餓了兩天……看卡西帕這傢伙辦的什麼事！

相比之下，斯馬胡力就厲害多了。要是數羊時，數字對不上，斯馬胡力在羊群中走一圈就能立刻判斷丟的是哪一隻，長得什麼模樣。還知道牠的羊寶寶是哪一隻，有沒有跟著母親一起走丟。——眞厲害，我家大羊有一百多隻呢！小羊也有七、八十隻。他就像認識每一個人似的認識牠們。

塔門爾圖地勢坦闊，原野裡孤零零地砌著一個年代久遠的石頭羊圈。爲了便於管理，塔門爾圖的四家人把羊集中在一起放牧。

雖然羊混在了一起，但每隻羊心裡都清楚誰和誰與自己是一撥的，誰都願意和熟悉的夥伴挨在一起走。於是，哪怕已經混成了一群，也一團一團地保持著大致的派別。

大家在分羊的時候，先騎著馬衝進羊群，將牠們突然驅散開來。慌亂中，羊們各自奔向自己認識的羊，緊緊跑在一起。於是自動形成了比較統一的幾支群落。然後大家再將這幾群羊遠遠隔開，女人和孩子們守得緊緊的，不讓牠們互相靠攏。男人們則進入每一支羊群挨個兒查看，剔出自家的羊拖走，扔進自家羊占絕大多數的一支羊群。這樣，四家人的羊就全分開了。

分羊時，大家也都和斯馬胡力一樣厲害，只消看一眼就知道是不是自己的羊。我卻非要掰過羊頭，仔細地查看牠們耳朵上的標記。

一般來說，記號就是在羊耳朵上剪出的不同缺口。大約規定記號時，大家都坐到一起商量過的，所以家家戶戶的記號各不相同。但有的人家羊少，託人代牧，沒有屬於自己家的特定記號，就在羊身上塗抹大片的鮮豔染料來辨識。有的統統往羊脖子上抹一整圈桃紅色，像統一佩戴了圍脖。有的抹成紅臉蛋，角上還紮著大紅花，秧歌隊似的。最倒楣的是一些雪白的山羊，人家長得那麼白，卻偏要給牠背上抹一大片黑。

不過，大多只是注射疫苗的標記。

後來，在不看記號的情況下，我也能認下好幾隻羊了。因爲我親眼目睹過這幾隻羊的出生，我喜愛過牠們初臨世間的模樣，——在最初的時候，牠們一個一個是與眾不同的。然而等牠們漸漸長成平凡的大羊模樣後，我仍然也能一眼把牠們認出來。因爲我緩慢耐心地目睹了牠們的成長過程。「伴隨」這個詞，總是意味著世間最不易，也最深厚的情愫。一切令人記憶深刻的事物，往往都與「伴隨」有關。

在這個大家族裡，對於年輕人，大家平日裡都以小名暱呼之。有趣的是，所有人的小名都與牲畜有關。比方說：海拉提的小名「馬勒哈」是「出欄的羊羔」的意思。海拉提的養子吾納孜艾小名「胡侖太」，意爲「幼齡馬」，而胡侖太的哥哥傑約得別克的小名（忘記怎麼念的了）意爲羊角沉重巨大、一圈圈盤起的那種綿羊。這就是「伴隨」。

我們伴隨了羊的成長，羊也伴隨了我們的生活。想想看，牧人們一次又一次帶領羊群遠遠繞開危險的路面，躲避寒流；餵牠們吃鹽，和牠們一同尋找生長著最豐盛、最柔軟多汁的青草的山谷；爲牠們洗浴藥水，清除寄生蟲，檢查蹄部的創傷……同時，通過牠們得到皮毛禦寒，取食牠們的骨肉果腹，依靠牠們積累財富，延續漸漸老去的生命……牧人和羊之間，難道僅僅只有生存的互利關係嗎？不是的，他們還是互爲見證者。從最寒冷的冬天到最暖和喜悅的夏日，最艱辛的一次跋涉和最愉快的一次停駐，他們都一起緊密地經歷。談起故鄉與童年、愛情的時候，似乎只有一隻羊才能與牧人分享這個話題，只有羊才能得知他的一切，只有羊能理解他。

而一隻羊在牠的誕生之初，總是得到牧人們眞心的、無關利益的喜愛。牠們的純潔可愛也是人們生命的供養之一啊。羊羔新鮮、蓬勃的生之喜悅，總是濃黏溫柔地安慰著所有受苦的、寂寞的心。這艱辛的生活，這沉重的命運。

因此，在宰殺牠們，親手停止牠們的生命時，人們才會那樣鄭重。他們總是以信仰爲誓，深沉地去證明牠們的純潔。直到牠們的骨肉上了餐桌，也要遵循儀式，莊嚴地去食用。然而，又因爲這一切依從的是「命運」的事，大家又那麼坦然、平靜。

失去母親的幼小羊羔，牠的命運則會稍稍孤獨一些。在冒雨遷徙的路途中，那麼冷，駝隊默默行進。牠被一塊濕漉漉的舊外套包裹著綁在駱駝身上，小腦袋淋在雨裡，一動不動。一到達臨時駐地，札克拜媽媽趕緊先把牠解下來，又找出牠的奶瓶餵牠。但牠呆呆站在那裡，一口也不吃。我摸一摸牠的身體，潮乎乎的，抖個不停。我怕牠會死去……但那時，大家都在受苦。——班班又冷又餓，一整天沒有進食了，毛茸茸的身子濕得透透的；小牛們被繫在空曠風大的山坡濕地中過夜；滿地冰霜。我們的被褥衣物也統統打濕了，身上也一直濕到了最貼身的衣物，不知如何捱過即將到來的寒冷長夜……而長夜來臨之前，天空又下起了雪……像我這樣懦弱的人，總是不停地擔憂這擔憂那的人，過得好辛苦啊。這也是我的命運。

在惡劣季節裡，雖然大家非常小心地照料羊群，及時發現了許多生病的羊並幫牠們醫治，但還是免不了一些母親失去孩子，一些孩子失去母親。當羊群回來，又少了一隻大羊的時候，札克拜媽媽就牽牠的羊寶寶四處尋找。曠野中，小羊淒慘悠長地咩叫，大羊聽到的話一定會心碎的。

但如果那時大羊已經靜悄悄地在這原野中的某個角落中死去，牠就再也不會悲傷了。小羊也會很快忘記一切，埋首於新的牧場的青草叢中，頭也不抬，像被深深滿足了一切的願望。

我總是嘲笑家裡養了群熊貓。來到塔門爾圖，看到爺爺家的羊群後更樂了……爺爺家養了群斑馬。我家黑白花羊的紋路是團狀的，而爺爺家的是條狀的。

我在斑馬群中找了半天，總算發現了一隻毛色單純的漆黑小羊。但仔細一看，很是驚嚇——那小羊是畸形的！腰部嚴重扭曲，脊椎呈「S」形，走起路來一瘸一拐，跟爬行一樣困難。可牠仍努力地跟著羊媽媽走在大隊伍中，生怕跑散了。難道羊也會得小兒麻痹症？眞可憐……卡西說牠一生下來就是那樣的。

牠吮媽媽奶的時候，比其他小羊吃力多了，因爲不好跪下去。但卻和其他小羊一樣聰明，若奶水沒了，就含著乳頭用小腦袋使勁地頂，把奶水撞出來後再繼續吮。

一天趕完羊後，我們拍打著身上的塵土往家走。經過大羊群時，札克拜媽媽突然說：「看！耳朵沒有！」我順著她指的地方一看，果然有一隻羊沒有耳朵，禿腦袋一個。大吃一驚，連忙問：「怎麼回事？長蟲子了？剪掉了？」大家說不是。又問：「太冷了，凍掉的？」大家都笑了，說又不是酒鬼。

卡西想告訴我牠是天生沒耳朵的，卻不會說「天生」這個詞（那段時間她堅持以漢話和我交流），便如是道：「牠嘛，媽媽的肚子裡嘛，這個樣子的是的！」

斯馬胡力又說，因爲沒有耳朵，這羊的耳朵眼容易進雨水和異物，一年到頭老是發炎、流膿水。於是整天偏著頭在石頭上蹭啊蹭，跟耳朵受傷的班班一樣。

羊的生命是低暗、沉默的，敏感，又忍耐。殘疾的小黑羊和沒有耳朵的綿羊，不知牠倆在不在意自己的與眾不同，會不會因此暗生自卑和無望？然而這世上所有的，一出生就承受著缺憾的生命，在終日忍受疼痛之外，同樣也需要體會完整的成長過程，同樣需要領略幸福。同樣的，在每一天都會心懷希望，跟著大家四處跋涉，尋找青草，急切地爭吃鹽粒……更多地，牠們總是一次又一次忘記自己的病痛，忘了自己更容易死去。因此，羊的生命又是純潔、堅強的。

嗯，仔細觀察的話，羊群裡奇怪的羊很多。比方說，山羊的角又直又尖，非常漂亮、氣派。可卻有一隻山羊的角像某些綿羊那樣，一圈一圈盤曲著衝後腦勺下方生長。山羊怎麼會有綿羊的角呢，我初步認定牠是……混血兒？

還有一隻山羊也與眾不同，兩隻角交叉成X形長著。難道小時候和高手頂架頂歪了？卡西說，這也是天生的。

我們還有一隻羊，一隻角朝前長，一隻角朝向後長。大約也是天生的。

哈拉蘇：離開和到達的路

在塔門爾圖安定下來之後，我一有空就走進荒野裡四處轉悠，走很遠都找不到一棵樹，連一叢灌木也沒有。我想尋一根合適的木棍，爲自己，爲下一次出發準備一根順手的馬鞭。

上次丟了馬鞭後，雖然有斯馬胡力爲我折的柳枝，但一點也不結實，還沒到目的地就斷成一截一截的了。對於我這樣的笨蛋來說，騎馬不使鞭子的話，根本就嚇唬不了馬，於是老落在最後，給大家拖後腿。

有一天，大氈房那邊的那群尖下巴小孩聚在我家門口玩，我一眼看中了其中一個孩子揮舞的木棍，粗細長短正合適。於是我不動聲色把他們喚到跟前，從筆記本上撕下來幾頁紙，一人發一張，教他們疊紙帽子。果然，他們上當了，把棍子一丟，認眞地跟著學了起來。然後一人戴了一頂小小的紙帽子回家，歡天喜地地給大人看。沒人記得棍子的事。

我把棍子塞在花氈底下，大舒一口氣，似乎從此以後再沒什麼害怕的了。

出於對上一次轉場的教訓的充分總結，這一次搬家的時候，除了馬鞭，我總共還作了以下準備：

一件棉毛衫，一件厚襯衣，一件毛衣，一件貼身的羽絨坎肩，一件羽絨外套，一件棉大衣。

下身是：兩條秋褲，一條厚毛褲，一條牛仔褲，一條看起來應該可以防雨的厚厚的化纖面料褲子。

羽絨衣和大衣都有帽兜的，兩個帽兜一起罩著腦袋，脖子上再圍一條厚厚的圍巾。刀槍不入。

出發前一個星期天氣都不錯，暖和又晴朗。偶爾灑幾滴雨，很快就停了，地皮都打不濕。偏偏在出發前的頭一晚突然變天了。傍晚，大家正在忙碌著拆房子打包時，有一、兩隻蜻蜓在身邊飛來飛去。媽媽看了歎息一聲，看上去非常憂慮。我開始不明白她的意思，只是奇怪戈壁灘上怎麼會有蜻蜓呢？後來才突然想起，這正是下雨之前的徵兆。

搬家時，卡西叔叔家、爺爺家和我們家一起動身。叔叔家向北沿著山腳一直走，我們和爺爺家則向東直接翻過大山。三支駝隊在東邊大山的山腳下分手。

之前天剛亮，我們就開始分羊了。數千隻羊群聚在一起容易，分開就有些麻煩了。男人們緊張而焦慮，騎著馬在羊群中來回穿梭。孩子和女人們大呼小叫地圍追堵截扔石頭。太陽升起的時候才把羊群分開。

而所謂「太陽的升起」，只是東方沉重的陰雲間一團緋霞的升起。從頭一天半夜裡就開始下雨。天亮後雨勢總算小了一些了。雖然是陰雨天，但大地的坦闊舒暢令陰天也煥發著奇異的明亮。而羊群們卻因皮毛淋濕了雨而成爲視野裡一團團沉重的深色。幾乎每一隻大羊身邊都緊緊跟著一隻小羊，一個一個靜默在雨中，腦袋朝著同一個方向，雕塑般一動不動。似乎牠們比我們更明白什麼叫做「啓程」，似乎牠們比我們更習慣於這種顛簸不定的生活。似乎從幾萬年前，牠們就接受這樣的命運了……

如果長住的話，氈房的四個房架子全都要支起來，完整地頂起天窗。如果只住個把禮拜，就去掉一個房架子和天窗，檩杆在上方交叉著搭在一起，使大氈房減縮爲又低又矮的袖珍氈房。如果只是住一個晚上，那就更簡單了，只將兩個房架子撐開，相對靠放，搭成一個「人」字形的小棚，面積也就兩個多平方的光景，全家人一個挨一個躺進去過夜。媽媽說這是「依特罕」。

昨天晚上拆了氈房後，我們就睡的是依特罕。鐵爐子置放在依特罕不遠處，四面空空如也。我蹲在野地裡燒茶，媽媽他們在拆過房子後的空地上忙碌不停。電陽能燈泡依舊掛在插在大地上的鐵鍬上，昏黃的光明籠罩著這有限的一團世界。這團光明的世界之外是深不見底的黑暗，似乎這團光明不是坐落在黑暗之上，而是懸浮在黑暗正中央，四面八方無依無靠。不遠處的媽媽他們，正處在眼下這巨大的無依無靠中，沉默而固執地依附手頭那點活計，以此進行抗拒……茶水開了，水汽沖開壺蓋，突兀地「啪啪」作響。我提開茶壺，看到耀眼的火光像最最濃豔的花朵，孤獨熱烈地盛放在黑暗中。

不知為何每次搬家都忍不住心生悲傷。

但同第二天的行程相比，那樣的悲傷眞是浪漫且虛弱！

最糟糕的是，我只顧著去應付突然到來的悲傷，臨行前把藏在花氈下的那根珍貴的木棍忘得一乾二淨！於是，這次上路我仍然沒有馬鞭用，仍然被馬欺負著，拖拖拉拉走在隊伍最後，不停地被大家催促……

那樣的雨啊，那樣的冷啊……最最現實的痛苦讓人一句話也說不出口，除了忍受，只能忍受。

我們可眞倒楣，每次都這樣：搬家前，一連好幾天風和日麗。到了出發當日，不是過寒流就是瓢潑大雨。

半上午，隊伍才出戈壁灘。開始進山時，雨勢轉大，有一會兒工夫根本就是傾盆直下，不管我穿得再厚也給澆了個濕透，像負了一座山似的渾身沉重。那條化纖褲子眞是太讓人失望了，看起來亮晶晶滑溜溜的，還指望它能防點雨，結果一點用也沒有。

每過一會兒，我就抖抖索索把毛線手套摘下來擰一擰水，手被泡得慘白，手指皺皺巴巴，跟搓澡巾似的。但哪怕是濕透了的手套也不敢不戴，實在太冷了，一進山區，氣溫驟降，感覺上怕是已經到零度以下了。

做人眞矛盾，颳風的天氣裡總覺得寧可淋雨也不要颳風。到了下雨天呢，又覺得還是颳大風過寒流比較能忍受一些。

六歲的加依娜被裹在毯子裡放在媽媽沙拉古麗的馬前。有好幾次我打馬經過她們，看到這個孩子的漂亮面孔冷漠而麻木，額前的頭髮濕漉漉的。大家都沉默著，沒有人提出來休息。再說眼下這個地方非常危險，不捱過去，心老是懸在嗓子眼。

這段山路叫做「哈拉蘇」，從字面上看，意爲「黑色的水」。一路上的山石果然都是黑乎乎的，幾乎沒長什麼植物。道路全是陡峭的「之」字形，緊附著陡直的石壁向上延伸。走在路上往下看，有好幾段幾乎直上直下。腳下的路又窄又陡，許多路段全是光石頭沒有泥土，加之雨水沖刷，非常滑。駝隊走得慢慢吞吞。又由於負重前行，一旦滑倒，這些龐然大物就很難站起來了。尤其在最陡峭的路面上，一倒下就會從山體一側翻滾墜落下去。

駱駝們自己似乎也是很害怕的，走著走著，總想停下來。但絕對不能讓牠們停，一停留就容易影響後面駱駝的行進，害牠們卡在險要處，因進退不得而倒下。於是斯馬胡力策馬前前後後忙個不停，抽打牠們的屁股，還用力地扯駱駝的韁繩。由於韁繩是繫在插進駱駝鼻孔裡的一塊木頭上的。因此幾乎所有的駱駝鼻孔都被扯破了，血一串一串地流個不停。

途中真有一個年齡較小的駱駝倒了下來，這是牠第一次負重行進。爲了不引起混亂，後面的隊伍繞過牠繼續前進，男人們則留下來給那隻側身歪倒在山路上的倒楣蛋卸去重荷。好容易才拉牠起來，再重新往牠的駝峰兩側打包。但這一次明顯減輕了牠的負擔，把一小半箱籠包袱都分配給了其他的成年駱駝。

唯一無憂無慮的似乎只有小駱駝們，一個個一身輕鬆，神氣活現地跑前跑後。雖說有幾隻小駱駝身上也被綁了幾根棍子，掛了一面大鍋或一卷氈子。但這對於牠們幾乎和馬一樣大的身架來說，根本算不得什麼，照樣一顛一顛地東遊西蕩，來回亂竄。似乎有意在大駱駝面前顯擺牠們的輕鬆與自由。哼，快活不了幾天了，等你長大就慘了！

這回羊群沒有和駝隊分開，前前後後緊緊跟著，一旦有羊領著羊羔離開隊伍，好狗班班就衝過去趕到牠們前面，把牠們擋回正路。

班班也很辛苦，渾身濕淋淋的，餓著肚子，還要跑上跑下地監督羊群，走到後來，也一副快要透支的模樣。

快到山頂時，雨勢轉小，卻轉成了雨夾雪，細碎的雪粒子夾雜著雨水，又冷又沉重地撲向面孔。

幸好地勢險要，每個人都提著心，吊著膽，加之還得不停地在駝隊間跑前跑後，打馬忙碌不停，相當大一部分注意力都被分散了。要是這一路上啥事也沒有，全身心地面對寒冷，全部感官和整個心靈都用來感受現實的痛苦的話，那就太無望了，恐怕早就冷死了。

四個小時之後，我們總算結束了這場沉默痛苦的行程，我們翻過了哈拉蘇——這條夏牧場上以險要著稱的古牧道。

我問斯馬胡力：「非走這條路不可嗎？去冬庫兒再沒有別的路了嗎？」

他露出了今天的第一個笑容：「有。但那是別人的路。」

可可仙靈

站在哈拉蘇最高處的達坂上往東看，眞是奇蹟啊！這山的西面如此陡峭猙獰，幾乎寸草不生。到了東面卻跟換了副面孔似的，滿目無邊無際連綿起伏的舒緩坡地，在雨幕中青翠耀眼，綠意盎然。彷彿攀盡了天梯，看到了天堂。

經歷過吉爾阿特和塔門爾圖那樣荒涼的戈壁荒野之後，突然一頭闖進天堂，再想想剛才的路程，覺得還是値得！

一過達坂，羊群和駝隊就分開前進了。卡西和海拉提隨著羊群消失在東南北的大山後。我們剩下的四個人管理駝隊。斯馬胡力說，離駐地不遠了。

此後的山路悠緩順暢。一個小時後，雨漸漸停了，陽光從裂開的雲縫間一縷一縷地投在群山間，一團一團的巨大水汽裊裊上升，和散開的雲朵連接在一起。

我們終於到達了此行的第一個目的地：可可仙靈。

可可仙靈碧綠濕潤，草地密實深軟，遠處的高山頂上森林遍布。眞是奇怪，這麼好的地方，爲什麼不早一點來呢？非得在塔門爾圖那樣的地方多耽擱一個多禮拜。

不過我聽說，牧民轉換牧場的時間表是牧業辦公室根據每年的實際情況制定的，非常嚴格，不能擅自行動。

在可可仙靈，我家挑了路邊一處向陽的高地駐紮，明天再繼續趕路。而莎拉家停駐的地方離我們老遠。我覺得很奇怪，只是一個晚上而已，爲什麼不住在一起？也好有個照應嘛，眼下天大地大，又不是擠不下……

下馬時才發現整條腿僵了，腳尖一觸著大地，像要折斷似的生痛。幾秒鐘後，奇痛難忍的麻癢從腳趾尖一路往腰部攀延。我拉直了腿，在草地上慢慢坐下，動也不敢動，好半天才扛過去。那股難受勁兒剛過去，就趕緊起身幫著札克拜媽媽卸掉可憐的駱駝們身上的重荷。根本就顧不上換下濕衣物，再說包裹也差不多都濕透了，恐怕很難找出一件乾衣服。

解散駝隊後，媽媽去山下的沼澤地裡打水。我趕緊拆開最大的幾個包裹，把淋濕的被子褥子找出來，攤開晾在山頂的灌木叢上，指望這些被子在睡覺之前能被風吹乾一部分。雖然天氣很冷，陽光時有時無，但到了下午，風變得猛烈有力起來。

在剛才的山路上，我們唯一的鐵皮爐子已經被路邊的大石頭撞得沒鼻子沒眼了，煙囪也給擠得扁扁的。我只好撿一塊石頭，把爐子和煙囪敲敲打打砸了半天，不說恢復原形，好歹能使之站穩當了，這才去拾柴禾生火。

山裡倒是植被茂密，附近石頭縫裡滿滿地生長著成片的小灌木。但剛下過大雨，到處水淋淋濕漉漉的，到哪去找乾柴啊？這時，媽媽拎著水桶上來了，看我還沒生起爐子，有些不悅。她轉身走向一株爬山松和一叢紮著稀稀拉拉細碎葉片的高大植物，三下兩下折斷了幾大枝，拖回爐子邊讓我燒。果然，這兩種看似濕透了，還生著綠色葉子的植物莖幹一引就燃，特別好燒，邊燒邊「啦啦」作響，木質裡一定油分很大。

在等水燒開的時間裡，媽媽和斯馬胡力開始搭今天晚上過夜的依特罕。我這邊，才總算得空換下濕衣服了。

剛才生起爐子後，我順手把火柴放進大衣口袋，忘了用塑膠袋裹一下。結果不到兩分鐘再掏出來，整整一包火柴濕得軟嗒嗒的，還滴著水，沒法用了。

濕透的大衣又沉又硬，一脫下來，感覺就像從身上剝去了一層硬殼。

脫掉襪子，腳都快要泡熟了，皺皺巴巴，慘白慘白。一搖鞋子，也「咣當咣當」全是水。

滿地都是包裹，一時沒法找到替換的衣服，我便只把身上的濕衣服脫了一部分，使勁擰掉水後晾在大風裡，等它們被風吹乾一些後，再把身上的換下來。

風很大很大，天氣突然變得好得不得了！雖然不是萬里無雲的那種晴朗，但大風全面經過世間的清爽感極爲強烈。大塊的雲朵在低空中飛快移動，陽光時不時露個臉照耀大地。陽光照耀處的水汽更濃郁了，迅速從低處凝聚成形，然後上升，隨風奔跑。

我們所處的地勢很高，腳下的群山間也密集地飄移著白茫茫的新鮮水汽。從一座山頭籠罩到另一座山頭，不停地到來，不停地離去。我們身處雲端。

而我本身也確實待在雲裡的——我在旺盛的火爐邊蹲了沒一會兒，就被爐火烤得渾身水汽繚繞，褲子上、身上、頭髮上，不停地冒著「白煙」，整個人像是快要揮發掉一樣沸沸揚揚。再被大風一吹，渾身輕鬆多了。

我們晾在附近灌木叢上的被褥、濕衣服，此刻也水汽氤氳。

茶水一燒開，我立刻招呼媽媽和斯馬胡力過來喝茶。雖然已經餓了很久了（從凌晨兩點到現在，快十二個鐘頭滴水未沾），但大家都吃得不多。斯馬胡力只喝了兩碗茶就推開碗，把身上的濕大衣往濕漉漉的草叢裡一鋪開，倒頭就睡。我使勁推他，好歹鋪開一面氈子再睡啊！這麼大大咧咧，難怪身體不好，經常嚷嚷這疼那疼。但他咕嚕道：「氈子也沒有乾的。」翻個身不理我。然後就再也推不醒了。他太疲憊了。

只剩我和札克拜媽媽面對面沉默著慢吞吞地喝茶，等待羊群回來。突然，札克拜媽媽撿起餐布間的一塊乾饢，站起來大聲呼喊班班。只過了一秒鐘，班班就出現在了眼前，驚喜不已，一口接住扔過來的饢。這是我第一次看到媽媽餵班班。

雖然還是很冷很冷，不時地打哆嗦。但比起不久前還在途中時的那種「暗無天日」，此刻的陽光和爐火簡直是極其奢華！何況還有滾燙的奶茶。

半個小時後，我捏一捏晾著的毛褲，似乎乾爽一些了，就趕緊把身上的秋褲替換下來。脫褲子時，我看到兩條腿被泡得要多噁心就有多噁心……連內褲都一擰一把水，那水還非常恐怖地流得稀里嘩啦。剛換上的毛褲又冷又硬地扎著皮膚，不過比起因濕透而發硬的秋褲，還是舒適多了。

無論如何，最最沒有希望的時刻已經完全成爲過去。

但是卡西呢？卡西他倆爲什麼還沒有到……我站在「依特罕」旁，向東方張望，群山間只有滿目的蒼翠以及迅速遊走的雲霧。

這時，突然灑過來一陣急雨，我趕緊搶收被子衣物。剛被吹得有些半乾的衣物又淋濕了一層，眞令人悲傷。

好在這雨沒下一會兒就漸漸轉移向西邊山頭了。

山裡的雨多是一小團一小團的，這裡下一陣，那裡再下一陣。並非鋪天蓋地地籠罩住整個世界。

有的時候走在路上突然下起雨來，就趕緊往前跑，前面就沒雨了

有時候一行人一前一後地拉開前行，相距不到幾百公尺。下雨時，前面的人淋得夠嗆，後面的人都不曉得剛下過雨。

更多的時候，我喜歡在陽光燦爛之處遠遠遙望那些下雨的地方，那裡被濃重的雨幕籠罩著，像是一大團黑霧孤立地停在世界一角，四面無援。

有時候我站立的地方正是雨幕和晴朗空氣的交界點上，世界一半光明一半陰沉，如夢如幻，身後的影子和我則站在另外的交界點上相峙。如果是傍晚天氣的話，夕陽投進東方的雨幕之中，可見到巨大清晰的彩虹。有時不止一條。

我站在露出鮮豔骨架的依特罕前（它是紅的！上面蓋著的花氈也是紅的！在此之前的可可仙靈，一片純然的青翠，世界裡只有綠的鮮豔，還沒有紅的鮮豔呢……），舉目四望，群山動盪。我們所處的位置多高啊。太陽遲遲不肯落山，斯馬胡力還在深深地沉睡，再也感覺不到寒冷和疲憊了似的。媽媽沒完沒了地整理著散開一地的包裹。

這時，東方大山一角聳動著點點白色。再仔細一看：羊群過來了！卡西帕來了！

很快，那邊的羊群在一整面山坡上彌漫開來，沿著平行著佈滿坡體的上百條弧線（那就是羊道！）有序前行，絲絲入扣。這時眼下的整個山野世界才從深沉的寂靜中甦醒了過來。羊群的腳

步細碎纏綿地踏動大地，咩叫連天。接著，卡西帕的紅外套耀眼地出現在羊群最後面。

我立刻撥動快要熄滅的爐火，重新燒茶。

待羊群完全走到駐紮地附近則是一個小時以後的事了。那時卻只看到卡西一個人，海拉提不在。

海拉提分出大家庭後，家裡只有四口人：爺爺托海、他、年輕的妻子沙拉古麗以及六歲的女兒加依娜。

由於這條牧道極爲艱險，天氣又不好。上了年紀的爺爺便沒有跟上來，停在大兒子家裡。而爺爺的大兒子一家一個星期後才搬離塔門爾圖。

我們在可可仙靈的一個岔路口和沙拉古麗分手後，她一個人照應著自己的駝隊和女兒，繼續向前走，她家的駐地在離我們一公里處的山間平地上。沙拉是年輕柔弱的女子，一個人沒法卸駱駝，海拉提記掛著她，所以當羊群經過最艱難的路面後，就把羊群統統交給了卡西，自己打馬回家去了。

卡西一個人照料一千多隻大大小小的羊，走了十幾公里山路，眞辛苦……

我曾經指責斯馬胡力，爲什麼每次搬家都讓卡西趕羊，他自個兒輕輕鬆鬆地跟著駝隊走？

斯馬胡力很不好意思地笑，什麼也沒說。倒是一旁的卡西急了，替哥哥辯解說：「放羊沒事的！趕駱駝，才厲害！」

後來我才明白，趕羊的活兒雖然很累，但也只是時間上熬人而已。而駝隊的行進過程危機四伏，不出意外還好，一旦出了什麼事，就只能依靠男人的力量才能化險爲夷。比如這次倒下一峰駱駝，如果斯馬胡力不在，光靠海拉提一個人是沒法在峭壁間把牠重新拉回正路的。

爲什麼駱駝和羊群要分開前進呢。後來才恍恍惚惚地明白：畢竟駱駝負重，得抄近道迅速到達。而羊群不怕繞遠，同時也必須得繞遠——得沿著遠離大道的水草豐茂之處前行，以便沿途抓緊時間啃草。

路上的訪客

我們披著鮮豔紅花氈的依特罕停在綠色的可可仙靈，像是沉睡的山野睜開了一隻眼睛。牠看著那些遠行人說：「來這裡吧，來這裡——」

奇怪的是，之前走了一路，一個人也沒看到。一旦停下來，剛架好兩扇房架子，山下的小路上就開始有人騎馬經過。而且沒有一個不順便上來喝茶聊天的。我只好不停地燒茶，不停地給他們準備食物。

媽媽在草地上一大堆亂七八糟的家什中翻啊找啊，半天才把米找了出來，讓我悶「巴勞」（手抓飯）。大家都辛苦了，一定要吃些好吃的。

我好容易才找到裝羊油的小鍋，化開一大塊雪白的羊油，切碎小半顆洋蔥和乒乓球大的一顆土豆煎進油裡。然後倒進半鍋水，加上鹽，再把米鋪在水中，蓋上鍋蓋燜煮。

地道的手抓飯是用羊肋骨和胡蘿蔔做的，而我家則是有什麼放什麼。曾經用芹菜燜過，還用過青椒和白菜。老實說，都滿好吃的。

大家圍著這只小小的鍋子，邊烤火邊期待開飯，非常快樂。我們小小的依特罕給寒冷的行路人帶來了多麼巨大深沉的慰藉啊。不只是我們迫切需要熱騰騰的食物，他們也同樣，一整天又冷又餓。

第一個上門打招呼的客人是一個熱心誠懇的小夥子。喝完茶後，一直等到我們的羊群靠近，並幫我們分開大小羊，把所有羊羔都趕入圈（此處大約是塊使用多年的駐地，附近有一個舊羊圈），又坐到餐桌邊和我們喝第二輪茶。等待手抓飯出鍋。

本來並沒怎麼特別注意他的，只覺得這個年輕人長得秀氣又漂亮，臉膛黑黑的，目光文雅有禮。而且還會說不少的漢話。我們用漢語交流時，我問他家的氈房紮在哪一塊，離我們將要停留一個月的冬庫兒牧場遠嗎？他說，很遠。並伸手向東北面的群山指了一下。我又向他打聽冬庫兒的情況，問他有沒有去過那裡。他說去過，然後又靜靜地說：：「那個地方，美麗的。」

我突然愣了一下，「美麗」！——似乎很久很久都沒有聽到過這樣一個豐滿濕潤的漢語詞彙了！

在卡西家裡，若提到某人很美，某地很好，某件衣服很漂亮時，大家使用的漢語只有一個「好」字：很「好，好得很！好得很的很……」可是，單單薄薄的這個「好」字，哪能說清情感中那些傾慕的內容，那些浪漫醉人的心意呢？

於是我一下子對這個年輕人喜歡得不得了，話也多了起來，不停問這問那。

後來當他離開時竟有一絲悵然，眞希望以後還能再見一面。

斯馬胡力說這個小夥子是他的同學，兩人年紀一樣大。

我就說：「你的同學這麼厲害，會說這麼多漢話，爲什麼你不會？一定不好好學習？」

他大笑著辯解：「老師喜歡他嘛！」

媽媽不動聲色地插了一句：「人家每天讀書到十二點，斯馬胡力每天喝酒到十二點。」

對了，這個年輕人的羊羔也是訪客之一。他家的一隻母羊在遷徙途中產羔，新生的羊羔不能長途跋涉，便用毛毯裹起來捆在馬鞍後帶向新家。大家吃飯的時候，小羊羔咩叫個沒完沒了。那時我們的羊羔已經完全入圈，大羊全在羊羔圈外焦慮不安地守候著聽到我們這邊有小羊在叫，也跟著集體附和。

這邊——「咩」地甩出一截嬌滴滴的顫音。

那邊千羊齊鳴：「咩咩！」爭先恐後地答應著。

就這樣一唱一和，沒完沒了地折騰。整座山頭滿是此起彼伏的呼喚聲。那隻小羊羔哪裡像是剛出生的！勁頭眞大，叫了老半天嗓子都沒叫破。其他的羊也全是笨蛋，管他認不認識都跟著起哄。

我忍不住跑到馬旁邊去看那隻小羊。牠被緊緊裹著，只露出一顆小小的腦袋。一看到我，就警惕地閉上了嘴。但水靈靈的咩叫聲卻還在繼續。我再轉到馬另一面，樂了，那邊還有一顆一模一樣的小腦袋，原來牠們的羊媽媽產了雙羔。

轉場的時候，過於弱小的羊羔都是放在馬背上前進的。我曾見過最動人的情景是：一隻紅色彩漆搖籃裡躺臥著一個嬰兒和一隻羊羔。揭開搖籃上蓋著的毯子，兩顆小腦袋並排著一起探了出來。

除了那個捎羊羔的客人，席間還有一個紮著白頭巾的白鬍子老頭兒，領著自己紅黑面孔、大大眼睛的沉默孫女。另外一個客人也是個小夥子，他似乎和大家都不太熟，自始至終一聲不吭。但面對熱騰騰剛出鍋的食物，所有人溫暖愜意的心情應該都一樣的。大家一邊吃一邊認眞而愉快地談論著什麼。我一邊聽著一邊扭頭四下張望，眼下這停有我們紅色依特罕的小山頂多麼孤獨啊。四面霧氣動盪，起伏不定。白色的山羊在碧野中三三兩兩地徘徊，駱駝們站在不遠處的灌木叢中一動不動。西斜的太陽不時深深地陷落在一團團陰雲之中，又不時猛地晃出幾束燦爛的陽光。——當陽光乍然迸現，萬事萬物頓時身形一定，被自己身後突然出現的陰影——清晰深刻的陰影——支撐得穩穩當當。而沒有陽光的時候，萬事萬物似乎都是腳不著地地飄浮在這水汽蒸騰的山野中。

米飯像往常一樣只做了四人份的，但客人還有四個，那麼勻下來每個人就只能吃半份了……再加上還要由著斯馬胡力這個腸胃深不見底的傢伙盡情吃，我和卡西便只舀了兩、三勺嘗了嘗，就開始掰碎乾饢塊泡茶充饑。

剛才趕羊入圈的時候，客人們都相當賣力地幫忙。前前後後、東奔西跑，好半天才把大小羊分開入圈，還幫著數了兩遍大羊。那時我感激地想：眞是民風淳樸啊，無論路過什麼樣的勞動，都會下馬幫一把……結果，似乎是爲了更心安理得地……啊，有這樣的想法眞罪過！再看看札克拜媽媽和客人們聊得高高興興的樣子，更覺得羞愧。少吃一口飯而已，哪來這麼大的怨念！

不過香噴噴熱乎乎的米飯眞的好誘人，眞想再吃一口……

卡西帕最辛苦了，一個人趕回了羊群，臉都凍成了鐵青色。話又說回來，誰教這傢伙臭美，帽子也沒戴，頭髮濕得直滴水。她一到家，看有客人了，卸了馬鞍後就趕緊提水拾柴，一直忙到吃飯時，濕衣服還沒換下來。

此時，她沉默著不停地喝茶，頭髮仍是濕的，緊靠著火爐，渾身蒸汽騰騰。她獨自趕羊，趕了這麼長時間，一路上肯定經歷了許多困難，但她什麼也沒有說，什麼也不抱怨。只是珍惜地享受著眼下這短暫的溫暖和平靜。

正吃著時，突然又下起了急雨，接著一陣冰雹劈里啪啦砸了下來。大家趕緊揭起餐布兜住食物往依特罕裡躲。簡單脆弱的依特罕竟成了這個世界裡最安全的所在。然而只擠進去六個人，還有兩個小夥子怎麼也塞不進來了，只好坐在房架子外。但他倆淋著雨繼續喝茶，很無所謂地笑著。

哎，無論如何，一切都過去了……我想起在哈拉蘇山路上經過一條溝口的一家氈房，當時多麼嫉妒他們啊！他們有擋風遮雨的地方，他們不需要在下雨的日子裡搬家，他家有暖暖的火爐和熱乎乎的茶……

不過，他家的一個女人正站在路邊等待著駝隊走近，手捧一只大碗。爲過往的駝隊準備優酪乳，是牧人們古老的禮俗。

當時心裡一喜，但願她端的是熱乎乎的奶茶。但那怎麼可能！打馬奔過去一看，雪白的一大碗，又但願是純牛奶了。但那也不可能……無論如何，我心懷希望，眼巴巴看著媽媽先接過來喝，然後遞給斯馬胡力，然後是海拉提……半天才排到我，立刻接過來狠狠灌了一大口……除了優酪乳還會是什麼?!……而且是那種不加糖的，完全脫過脂的，清湯清水的優酪乳……

本來就已經冷進骨頭了，那會兒更是冷到了心窩。覺得一輩子也沒喝過那麼酸的優酪乳！發酵發得也太過了吧，簡直都有度數了，簡直就是低度酒了。咽下去後，好半天才緩過勁兒來，把碗送回去，我大聲說道：「酒一樣！」

媽媽說：「豁切！胡說！」但是她笑了，其他人也都笑了。

這時，媽媽恰好也想起了這件事。於是給客人們說起了剛才「李娟喝酒」的事，大家都寬和地笑了起來。

昨晚只睡了兩、三個鐘頭，加上今天辛苦而寒冷的跋涉，我又累又困，站著也能睡著。但眼下到哪裡睡去?今天的工作遠遠沒有完成，客人還沒有告辭，牛奶還沒有擠，被褥和氈子還沒有乾透。四下的寒冷和潮濕提醒我一定要打起精神繼續扛下去。黑夜快要降臨，該做的事總會一一結束。那時，一切都會好起來的。

盛裝的行程

無論是從烏倫古河畔遷往額爾齊斯河南岸，還是從吉爾阿特遷往塔門爾圖，再去往可仙靈——每一次搬家的行程居然從沒遇到過平靜的晴天，不是過寒流就是下大雨。眞是倒楣。眞是奇怪。

想到往後還要繼續深入更加寒冷多雨的深山夏牧場，未來一定還會有更爲漫長的櫛風沐雨的長途跋涉。於是在冬庫兒安定下來後，我進了一次城，買了幾件寬大結實的斗篷式雨衣。但對於我的好心，大家輕蔑地拒絕了，說：「穿這個，像什麼樣子！」都不願意把漂亮衣服擋住。

於是再上路時，就我一人蒙了件雨衣。果然，第一天又是風又是雨又是雪的，除我以外，大家都淋得夠嗆。儘管如此，還是沒人羨慕我。

躲在雨衣底下多安全啊。不曉得更久遠的年代裡，不但沒有雨衣，而且道路更艱險，環境更惡劣——那時的跋涉又該怎樣艱苦無望！

在我的常識裡，搬家的事嘛，總是瑣碎麻煩，又累又髒。因此搬家時應該穿結實經髒的舊衣服才對。況且在野外搬家，更是要穿得寬鬆隨意些。想到搬家路上騰起的塵土風沙，想到一路上照料牲畜時的髒亂，於是我堅持穿著本該三天前就換下的髒衣服上路。反正都已經髒了，無非是更髒而已。同時，出發那天，臉也懶得洗，頭也懶得梳。還換上早就破掉的那雙鞋子——之所以一直沒扔，正是爲了讓它爲這次搬家服最後一次役。由於太怕冷了，那一次，我不但將自己塞進了全部的衣服中，完了蒙上雨衣，還在腰上拴了根繩子，把裡裡外外層層疊疊長長短短的衣服一緊、一勒，渾身沉重又踏實。嗯，難怪街頭流浪漢都會在腰上拴繩子。

我的準備就是這樣的，總之，不顧一切地裹成了一棵大白菜，又厚又圓，又邋遢又緊張。

可媽媽他們呢，卻恰恰相反。

大家都打扮得漂漂亮亮！都翻出自己平時捨不得穿的做客的壓箱底衣服。媽媽頭一天還特意洗了頭髮（那麼冷的天！），繫了最貴重的那條安哥拉羊毛大頭巾。斯馬胡力這傢伙，頭天開始就一遍又一遍地打鞋油。爲了能鑽進那件最精神，但是有些偏小的新夾克裡，他居然沒穿毛衣！於是一路上凍得縮頭縮腦、齜牙咧嘴。後來我實在看不下去了，便摘下自己的口罩給他。他也顧不上客氣，接過去趕緊戴上。可薄薄小小的一個口罩，能起多大的作用呢！

卡西帕頭上幾乎戴齊了自己全部的頭花和髮卡。還抹了厚厚的粉底（倒是可以防風）。編辮子時，爲了能讓頭髮顯得光滑明亮，淋了小半碗食用油。

當然了，半夜一起身，就這麼全副打扮起來，接下去還得摸黑幹大半夜的活，打包、裝駱駝……於是，等天明上路時，大家都有些髒亂了。儘管如此，一個個還是遠比李娟精神、體面。

總之，大家精神體面地頂著獵獵寒風進行在荒涼的路途中。為了露出我剛送給她的一件桃紅色毛衣，卡西堅決不肯扣上外套扣子。

我以長輩的口吻指責道：「穿成這樣，可真夠漂亮的！」她不屑地保持沉默。

天氣惡劣，走到中途，雨下個不停。連披著雨衣的我，裡層衣物還是被漬得又潮又黏。雨水順著臉頰、頸脖打濕了裡裡外外所有衣物的領口和雙肩。露在雨衣外的雙腿更是因濕透了最裡層的毛褲和秋褲而僵硬沉重。中途下馬休息時，膝蓋居然一時打不過彎來。哎，其他人就更別提了。卡西額前的碎髮一綹一綹緊貼在眼睛上，臉色鐵青。媽媽的淺褐色大衣因為濕透了而變成深褐色。

但她神情莊重，沒有一點抱怨和忍耐的意思。大家也都默默無言，有條不紊地照管著駝隊，並不因為寒冷和大雨而煩躁，或貿然加快行進速度。

但到了跋涉的第二天，突然就闖入了一個大晴天！尤其到了中午，隊伍走到了群山高處，陽光燦爛，臉龐暖暖的，頭髮燙燙的，身子越來越輕鬆舒適。雨後松林嶄新，空氣明亮，卡西和斯馬胡力的新衣服在好天氣裡顯得那樣歡樂、熱情。媽媽也顯出愉悅又高傲的神情，默默微笑著。

大家高高騎在馬背上，牽著同樣盛裝的駝隊經過沿途的氈房，像驕傲地展示著富裕和體面，像是心懷豪情一般。

而我呢……去掉雨衣後，狼狽不堪……外套髒得發亮，脖根處擁擠堵塞著各種衣物的領子，腳上穿的不像是鞋子，倒像是兩隻刺蝟。途中一遇到別的行人，媽媽他們拉住韁繩停下來愉快地打招呼，而我則趕緊打馬一趟快跑……每逢途中駝隊暫停，接受沿途的氈房主人爲我們準備的優酪乳時，更是侷促不安，無處躲藏。一個勁地攏頭髮，扯了袖子又扯衣襟，東張西望。爲自己臃腫邋遢的穿著及腰上勒的那根繩子深感害臊……

後來漸漸才知道，搬家，對游牧的人們來說，不僅僅只是一場離開和一場到達那麼簡單。在久遠時間裡，搬家的行爲寄託了人們多少沉重的希望啊！春天，積雪從南往北漸次融化，牧人們便追逐這融化的進程，追逐著水的痕跡，從乾涸的荒原趕往濕潤的深山。秋天，大雪又從北往南一路鋪灑，牧人們被大雪追趕著，一路南下，從雪厚之處去往南方的戈壁、沙漠地帶的雪薄之處。在那裡，羊群能夠用蹄子扒開積雪，啃食被掩埋的枯草殘根……在這條漫長寂靜的南來北往之路上，能有多少眞正的水草豐美之地呢？更多的是冬天，更多的是荒原，更多的是忍耐和堅持。但是，大家仍然要充滿希望地一次次啓程，仍然要恭敬地遵循自然的安排，微弱地、馴服地，穿梭在這片大地上。連長有翅膀，能夠遠走高飛的鳥兒不是也得順應四季的變化，一遍又一遍地努力飛越海洋和群山嗎？

是的，搬家的確辛苦，但如果只把它當成一次次苦難去捱熬，那這辛苦的生活就更加灰暗悲傷了。就好像越是貧窮的人們越是更需要歡樂和熱情一樣。因此，越是艱難的勞動，越是得熱烈地慶祝啊。

於是，搬家不僅僅只是一場離開和一場到達，更是一場慶典，是一場重要的傳統儀式，是一個節日！既然是節日，當然得穿最漂亮的衣服嘍，當然得歡欣、隆重地度過所有的路上的日子。而盛裝出現在新的駐紮地，則又是一幅充滿了希望和鼓勵的畫面。像是在說：「我已做好準備！」隆重的到來，總是意味著生活從容富裕的展開。就更別說駿馬華服地經過沿途人群的得體與自信了。

不但人們在轉場途中盛裝行進，連駱駝們也被裝點得格外神氣。鮮紅醒目的房架子和檀條整齊地收攏在大肚子兩邊，再緣著這兩束木架攀掛各種重物。爲了防止房架子和檩條兩端在行程中被刮壞，還像鋼筆帽一樣爲其套上繡花的綠氈套。最值錢的幾床被褥高高捆紮在駝背最顯眼的位置（哪怕下雨時會最先被淋濕），綢緞的被面朝外折疊，一片金黃緋紅。雜七雜八的物什外披蓋著最美麗的幾塊花氈（哪怕會被最先磨損弄壞）。露在外面的木箱穿著木箱的方衣服，大錫鍋穿著大錫鍋的圓衣服。連不起眼的塑料壺和煙囪，札克拜媽媽也都給它們各自做了一身合身的衣服，包得嚴嚴實實。這些衣服大都用氈片縫成，還像花氈一樣繡著對稱的彩色圖案，多麼講究……總之，能穿衣服的器具儘量給穿上衣服。實在不好遮蓋的寒酸物什，大家也會想法子排得整齊利索，井井有條。

裝駱駝，不只是力氣活。不但要最大限度地使物什排列得整齊有序，還要節約空間，還得考慮駱駝是否舒服，肚子兩邊是否平衡，打理得是否穩當結實。最重要的是，整體效果一定要顯得隆重又體面。正如氈房內各種日常物件的擺設大多有其傳統的固定位置，搬家時駱駝的裝載也有一套較爲固定的模式。天窗作爲一個家庭穩固完整的象徵（哈薩克的國徽正中央就有一個天窗形象），總是被高高架置在駝隊第一峰駱駝的駝峰上（同時，第一峰駱駝總是被裝點得最費心思）。有著漂亮搖籃的家庭會把搖籃頂在第二峰駱駝身上。接下來的駱駝身上則分別醒目地頂著餐桌，家裡最大的一面煮奶的敞口錫鍋等等。身披有著長長流蘇的大披肩的女主人，牽著這樣的駝隊緩緩穿行在寒冷陰暗的峽谷深處，一峰峰駱駝渾身披紅掛綠、載金載銀，像一桌桌豐美的宴席。

我家的家當裝了四峰成年駱駝，算是比較小的規模了。和鄰居一同出發時，爲便於管理，幾家人的駱駝都繫成一串。札克拜媽媽牽著領頭駱駝走在最前面，其他人前後跟隨著，照管著駝隊和牛群。有時媽媽也會吩咐我替她牽一會兒駱駝。每到那時，風光極了！好像這二十多峰駱駝全歸我管似的。只可惜我蓬頭垢面，邋裡邋遢，實在不像樣子。

美妙的抵達

在可可仙靈駐地，夜裡仍舊只休息了三、四個鐘頭，凌晨三點大家就互相推醒了。四周黑得眞是「伸手不見五指」。爲此我還伸出手看了一下，的確什麼也看不到。

我毫無選擇地穿上了昨天的濕鞋子。但面對濕漉漉的手套，著實猶豫了一下。然而再一想，雖然是濕的，畢竟還是手套啊。戴上的話起碼還能把它捂熱，要是不戴就什麼也沒有了。於是戴上，再努力地拆房子、拾柴、燒茶，果然，沒一會工夫就捂熱乎了。

昨天來的幾個客人，輪流叮囑了我一遍：「明天的路很難走，騎馬要慢一點啊！」

難道會比哈拉蘇的路更難走嗎？於是我做了最壞的打算，不動聲色上路了。

結果走了五、六個鐘頭，快中午了都一直很順，一路上全是起伏的坡地，只有幾處上坡路有些陡滑，但都不算特別難走。便覺得昨天那些人要麼誇大其詞了，要麼就是，哎——沒見過世面。

但過了十一點，果然沒錯，最難走的地方到了。

那時我們剛通過一條狹長的山谷，順著一條幾公尺寬的平靜河流往西北方向走了很久很久。沿途大片大片的苜蓿草場，鋪滿了厚重密實的紫色花和淺藍色花。這樣的旅途眞是賞心悅目。

然而一走出這條山谷，沒一會兒就進入了一條乾涸的舊河道。沒有路，眼前頑石遍布，道路凸凹不平。駝隊繞著石頭小心行進，路面越來越傾斜，走到最後，覺得這條舊河道根本不是流過河的，是流過瀑布的嘛！好幾處陡得根本就是直上直下！

爲了不拖後腿，我一直走在最前面。同時也小有私心——最前面的地方最安全，永遠不會有石頭被前面的馬蹄踩鬆，滾下來砸到頭上……

這一天的天氣倒是出奇的晴好，心情也分外愉快，行動也利索多了。連我的馬也變得特別可愛，再也和我不犯強了。我讓牠往哪邊走，牠就高高興興地往哪邊走。

路像台階一樣一級級向上。每到陡峭的拐彎處，就必然會看見人爲修補的痕跡。大多在「之」字形的拐彎處垛著整整齊齊的石頭堆，以拓寬路面，並防止坡體滑塌。在這些整齊的石堆裡有些石頭大到一、兩個人根本搬不動。由此可想維修牧道的勞動是多麼艱苦。同時也能想像到這樣的地方曾經出過多少事故，跌落過多少負重的駱駝……

現在，很多險要的古老的牧道都廢棄了。大山被一一炸開，新的牧道筆直坦闊，汽車都可以在上面跑。新牧道大大方便了牧人的出行，同時也加快了外來事物對山野的侵蝕。在那樣的石頭路旁，一路可見形形色色的塑膠垃圾。當道路不再艱險的時候，「到來」和「離開」將會變成多麼輕率的事情……

對了，昨天斯馬胡力的意思，我猜大約是牧道得分散開來，每家每戶都得嚴格行走在劃分給自己的轉場線路上。如果所有羊群都集中在有限的幾條好路上經過，那麼，不到幾天再好的路也得被毀掉，沿途的駐地也會遭到嚴重破壞。

哪怕在堅硬的國道線上，羊群經過的路面也會被踩得千瘡百孔、破爛不堪。羊是軟弱的，可牠們的行走卻那麼強硬有力。

完全通過這條崎嶇陡峭的舊河道大概用了一個多小時。緊接著就進入了一大片茂密的灌木叢之中，往後是一條緩下坡的道路。

一路遍布著野生黑加侖。已經五月中旬了，但此處的林子還沒開始扎生新葉。去年的果實全都掛在光禿禿的枝頭上，黑乎乎的沒有邊際。這些乾果看著又皺又癟，嚼在嘴裡卻酸香美妙，仍然完好地保留著新鮮果實的全部誘惑。

我高高地騎在馬上，像坐著船游過叢林一般，整個身子浮在黑加侖的海洋裡。那些果實就在手邊，我邊走邊大把大把地捋著吃，酸得直流眼淚。我的馬似乎也曉得這個好吃，不時伸長脖子一口咬下來一大串。

穿過這片迷人的黑加侖灌木林帶，再轉過兩座山坡，突然間，眼下情景大變，完全從剛才河道路上所見的情景中跳脫出來。剛才一路上全是巨大的頑石與蒼翠的林木相交雜、去年的枯枝與先發芽的新綠斑駁輝映，而眼下是一個均勻的綠色世界，像鋪天蓋地披了條綠毯子似的。沒有特別突兀的樹木，也沒有河，沒有光禿禿的石頭。全是綠地，全是沼澤，只有高一點的綠和低一點的綠，沒有深一點的綠和淺一點的綠之分。

腳下的道路深深陷入碧綠潮濕的大地之中，又那麼纖細，僅一尺寬。如果兩匹馬想並排前行的話，就得各踩一條路。這樣的路非常多，一條挨著一條，平行著延伸，順著山坡舒緩的走勢而優美勻稱地起伏，遍布了整面大地卻紋絲不亂。這是羊走出來的路。羊群看似混亂地轟然前行的時候，只有牠們走過的路為牠們記錄下了牠們所遵循著的那種強大從容的秩序。

由於路面潮濕，泥土又黏又細，駱駝很容易打滑。在過沼澤的時候，有兩匹駱駝先後倒下了，側翻在路邊，被身上的負重壓得動也動不了。大約是剛剛經歷過漫長艱難的路途後，進入平順的路面了，反而放鬆了警惕。

這樣的路倒不擔心會有什麼危險，為了抓緊時間在天黑之前趕到我們的長駐地冬庫兒牧場，兩個男人沒有給牠們減負，而是拽著韁繩，一邊扯一邊推，硬把牠們從草地上拉了起來。牠們的柔軟的鼻孔又一次被扯破了，血流個不停。

中午之後，天空完全放晴了！陽光普照，感覺眞像做夢一樣，又好像很久很久都沒有見過萬里無雲的廣闊天空了。

這時，我聽到札克拜媽媽在身後唱起了歌。

我騎在馬背上，背朝著她用心地聽，一動也不敢動，似乎扭頭看她一眼都會驚擾到這歌聲似的。

媽媽經常唱歌，但從沒聽她唱過這樣一首。曲調很無所謂地流露著憂愁，音律綿長平靜，似乎與愛情、離別，懷念有關。遠離家鄉很多年的人才會唱這樣的歌吧，充滿了回憶，又努力想要有所釋懷。

在寂靜的山野裡，在最後一段單調卻輕鬆的行進途中，這歌聲眞是比哭聲還要令人激動……大約傳說中美麗的冬庫兒快到了，我們即將眞正遠離之前所有的痛苦了，媽媽走到這裡才總算安下心來了吧？

雖然我的馬不時地打滑，害我好幾次差點掉下去。但我一點也不害怕，這樣的地方，就算掉下去，也是舒舒服服地跌進草叢深處吧？

過了一個多小時才完全穿過這片綠意濃黏的毛茸茸的沼澤地。漸漸地，駝隊沿著道又走向了高處。翻過一道達阪後，折進一條美麗平坦的山谷。踏上了一條寬寬的、有汽車轍印的石頭路。沿途陸續出現了一些木頭房子，都是以完整的圓木橫放著搭架的。其中一座居然還抹了牆泥，刷了石灰！雖偏在山野，卻顯得明亮又豪華！原來這條山谷是一處深山定居點。定居的地方和游牧地帶到底不一樣啊，人居氣息濃郁。雖然一路走到頭，也不過只有十來戶人家。

他們的牛圈全都依山勢而建，嵌在山石縫裡。不遠處傳來孩子們驅趕牲畜的吆喝聲，卻不見人影。在一座小木屋前，停放著一輛破舊的三輪童車。

其中有一長溜狹長平整的山間平地，兩、三家人聚居在一處，住的也是木屋。路的左側是河流和白樺林，右側蜿蜒種植著綠油油的草料地，還修了木頭欄杆一路圍擋。因沒有牲畜入侵，木樁內的蒲公英花開得健壯又濃豔，一片一片黃得發橙。真美啊，若我們多停留一分鐘，一定會看到神仙出現。

看這條山谷的地勢和走向，冬季裡一定是避風的溫暖之地。白樺林裡的河分爲好幾股，各自深深陷落在狹窄的河道深處，兩岸的草又長又密實，幾乎完全遮住了河流，只聽得水聲嘩嘩。林間殘雪成片，對岸山腳陰影處更是堆積著厚厚的白雪。

在山谷盡頭，駝隊再次翻過一處狹窄的隘口，一下山，發現我們已赫然出現在森林中。四下到處都是杉木林，偶爾夾雜著幾叢軀幹如銀子一樣耀眼的白樺樹。路邊不時凸出怪石，令道路為之拐彎。那些巨大的石塊鋪著黃綠斑駁的石苔，一層一層疊沓路旁，上面勻稱地分佈著整齊光滑的洞口。

一路上布穀鳥叫聲空曠。林深處水流淺細，水邊的小路陰暗而碧綠。我的馬兒大概肚皮癢癢了，最喜歡緊貼著樹蹭著走，害我的外套被樹枝掛破了好幾處，頭髮也被掛得亂糟糟。

有好幾次牠還特意從那些樹枝垂得很低的地方過。——牠倒是能從下面走過去，我在上面就慘了，眼看著粗大的枝幹橫掃過來，卻怎麼也勒不住馬！牠好像完全忘記了自己背上還有個人似的！

經過一些路邊的大石頭時，牠也會停下來側過臉在石頭上蹭啊蹭啊。我想牠臉上一定被小蟲子咬了，很癢。於是從經過的大樹上折下樹枝，俯下身子幫牠撓癢癢。誰知竟驚了牠，猛地跳躍起來，顛得我心都快撞進胃裡去了。

最後的一路上，我撇下駝隊獨自遠遠走在最前面。遇到岔路口就勒馬停下，等後面的隊伍趕上來了再問路。遇到兩條路平行前，就煞有介事地判斷一番，再引領馬踏上那條看起來好一點的路。

後來才發現，根本沒必要操這些心。馬聰明著呢，自己的路自己全都有數，老駐地在哪個方向，哪一段有過不去的水流，全都清清楚楚，根本不用我多事。

而我選的那些路呢，看起來很平，走到一半才發現有沼澤。

馬強烈要求走的那條路（就是怎麼抽打也不回頭的路），看上去坑坑窪窪，卻越走越順。而且據我目測絕對是近道。

總之，剩下的路程真是愉快，連馬兒都那麼快樂。

然後，穿過最後一片白樺林，一眼就看到兩山夾峙間緊傍著森林的，狹窄而明媚的冬庫兒。

新人間223

羊道：游牧春記事

作者—李娟
主編—李國祥
責任編輯—郭香君
封面設計—周家瑤
校對—李國祥、郭香君
董事長
發行人—孫思照
總經理—趙政岷
總編輯—李采洪
出版者—時報文化出版企業股份有限公司
10803台北市和平西路三段二四〇號三樓
發行專線—（〇二）二三〇六—六八四二
讀者服務專線—〇八〇〇—二三一—七〇五
（〇二）二三〇四—七一〇三
讀者服務傳真—（〇二）二三〇四—六八五八
郵撥—一九三四四七二四時報文化出版公司
信箱—台北郵政七九～九九信箱
時報悅讀網—http://www.readingtimes.com.tw
電子郵件信箱—liter@readingtimes.com.tw
法律顧問—理律法律事務所　陳長文律師、李念祖律師
印刷—勁達印刷有限公司
初版一刷—二〇一三年九月十八日
初版二刷—二〇一七年四月十七日
定價—新台幣二四〇元

（缺頁或破損的書，請寄回更換）

時報文化出版公司成立於一九七五年，
並於一九九九年股票上櫃公開發行，於二〇〇八年脫離中時集團非屬旺中，
以「尊重智慧與創意的文化事業」為信念。

國家圖書館出版品預行編目（CIP）資料

羊道：游牧春記事 / 李娟作. -- 初版. -- 臺北市：時報文化, 2013.09
面；　公分
ISBN 978-957-13-5808-6（平裝）

855　　102015044

©Copyright 2012 by Li Juan
Originally published in China as《羊道・春牧场》
Translated with the permission of the author and the Shanghai Literature & Art Publishing House
All rights reserved.

ISBN 978-957-13-5808-6
Printed in Taiwan